Doris K. Neumann

Die geheime Brücke

Teddy´s Geschichten aus dem Regenbogenland

Ich bedanke mich bei den Testlesern meiner Geschichten und dem Zuspruch, meinem Frauchen daraus dieses Buch zu diktieren.

Bibliografische Information der Deutschen Nationalbibliothek:
Die Deutsche Nationalbibliothek verzeichnet diese Publikation
in der Deutschen Nationalbibliografie;
detaillierte bibliografische Daten sind im Internet
über http://dnb.dnb.de abrufbar.

Herstellung und Verlag: BoD – Books on Demand, Norderstedt

ISBN: 978-3-7597-0596-9

Inhaltsverzeichnis

PROLOG

Mein Teddy ist am 8.10.2022 um 7:50 Uhr über die Regenbogenbrücke gegangen. Mein sanfter Riese schlief nach kurzer und schwerer Krankheit in meinem Arm ein.

Sieben Jahre durfte ich mit ihm verbringen. Am 14.09.2015 hatte ich ihn aus dem Tierheim in Frankfurt geholt.

Damals war ich auf der Suche nach einem neuen Freund für meine Hexe, deren Schwesterchen Mausi kurz vorher vom Fuchs gerissen wurde und Hexe danach sehr einsam war.

Im Tierheim war ich bekannt und so machte mich die Leiterin auf Teddy, der damals noch "Freddy Krueger" hieß, aufmerksam. Ein Riese, der alleine in seinem Käfig saß und zugegebenermaßen einen ziemlich bösen Blick hatte. Ich wurde aufgeklärt, dass der Kerl bereits 2,5 Jahre im Tierheim zugebracht hatte und als nicht vermittelbar galt. Er hatte drei Menschen krankenhausreif gebissen und war absolut unverträglich mit Katern, Männern und Hunden.

Ausserdem wurde er als verschlagen und hinterlistig beschrieben, weil er ohne Vorwarnung angriff und bei fast 10kg Kampfgewicht war das nicht ungefährlich!

Aber der Blick! Irgend etwas sagte mir, dass der "Bub" viel Böses erlebt hatte und eine Chance verdient hatte.

Man konnte mir weder über sein Vorleben, noch über sein Alter etwas sagen. Irgendwo zwischen 8 und 10 Jahren wurde er geschätzt.

Egal, ich beschloss, es zu versuchen. Der Blick hatte mein Herz berührt!

So lies ich mir den Käfig öffnen. Mit hinein wollte niemand, er wurde schließlich auch nur von außen gefüttert. Also hatte er seit 2,5 Jahren keinen direkten Kontakt zu Menschen. Kein Schmusen, kein Streicheln.

Und das wollte ich ändern, auf die Gefahr hin, dass ER das NICHT wollte. Aber sein Blick erzählte mir etwas anderes!

So setze ich mich auf einen Hocker in der Ecke, er saß mir gegenüber in der anderen Ecke. Ein tiefes Grollen kam aus seiner Kehle und der Blick sagte soviel wie „aha, ein neues Opfer...“.

Irgendwie war die Situation wie bei einem Boxkampf, bei dem sich die "Kontrahenten" erst einmal beschnuppern und belauern.

Ich gab vor, ihn nicht zu beachten und redete leise vor mich hin.

Erzählte sinnloses Zeug und beobachtete ihn aus den Augenwinkeln. Draußen war Totenstille. "Freddy" beobachtete mich sehr aufmerksam und aus dem Anfangs aggressiven Blick und dem tiefen Grollen wurde langsam Neugier. Aber ich zeigte weiterhin kein Interesse an ihm.

Aus den Augenwinkeln sah ich, dass er in tiefster Gangart langsam zu mir herüber schlich. Immer wachsam und mit angespannten Muskeln. Jederzeit zum Sprung bereit.

Nach einer gefühlten Ewigkeit saß er dann genau neben meinem Bein. Ich beachtete ihn immer noch nicht und sprach ihn nun leise mit ihm in veränderter Stimmlage direkt an. Tief, ruhig und sehr leise. Aber ohne jeden Augenkontakt. Das schien ihm zu gefallen und er schaute mich mit verändertem Blick an.

Er hatte nun ganz große runde Augen und das Grollen hatte aufgehört. Nun hörte ich auf zu sprechen. Er schaute mich neugierig an. Ich blieb still. Dann kam die Pfote. Ganz leise legte er sie an mein Bein. Nun klopfte ich an mein Bein und sagte leise "komm, hopsen". Das wiederholte ich noch dreimal und plötzlich sprang dieser Riese auf meine Schoß. Drehte sich zweimal, legte dann seine beiden Vorderpfoten auf meinen linken Unterarm und ließ sich schmusen. Und das war der Beginn einer Seelen-verwandschaft.

Aus "Freddy Krueger - dem Killer" war "Teddy-der Kampfschmuser" geworden. 7 Jahre warst Du bei mir. Dass Du morgens auf meinen Schoß gesprungen bist und Deine Pranken auf meinen linken Arm gelegt hast, ist in den 7 Jahren

zu einem morgendlichen Ritual geworden. Genau so, wie Du jeden Abend zu mir ins Bett gekommen bist. Du hast Dich neben mich auf das Kopfkissen gelegt und Deinen großen Katerkopf in meine Hand gelegt und so laut geschnurrt, dass ich kaum einschlafen konnte.
Gestern morgen lagst Du vor meinem Bett und hast geschlafen.

Du warst sehr krank, Du hattest Tumore in der Lunge und in der Leber und hättest ohne Qualen nicht mehr weiterleben können. So hatten wir an diesem Tag den Termin zu Deiner Erlösung gehabt.

Ich hatte die ganze Nacht nicht geschlafen und nur geweint und Dich gestreichelt. Du hat neben mir gelegen und ich konnte Dein schweres Atmen spüren. Jeder Atemzug tat Dir weh...

Plötzlich bist Du aufgesprungen und losgerannt, hast gespeichelt und gekeucht. Ich bin Dir hinterhergerannt und dann bist Du plötzlich umgefallen und hast gekrampft.

Ich habe Dich ganz fest in den Arm genommen, gestreichelt und unter Tränen mit Dir geredet. Ich wusste, es ist vorbei! Du hast gespürt, dass ich bei Dir bin und hast Dich entspannt und mich angesehen. Das war ein Abschiedsblick. Da lag so viel drin...und dann bist Du gegangen...

Mein Herz, mein Seelenkater, Du bist jetzt bei den anderen Fellnasen, die vor Dir gingen, in einer schönen Welt hinter dem Regenbogen. Irgendwann werde ich auch über diese Brücke gehen und dann sehen wir uns wieder.

1 DER ÜBERGANG

Hallo, hier ist Teddy.

Bis vor kurzer Zeit habe ich zusammen mit den beiden Katzenmädchen Sternchen und Schnäuzchen bei unserem lieben Frauchen Doris gewohnt. Ich hatte es dort sehr schön. Mein Frauchen war zu uns allen sehr lieb, aber wir beide hatten eine ganz besondere Beziehung.

Wir verstanden uns ohne Worte. Dieses Menschengeschwätz hat mich schon immer genervt und Frauchen und ich verstanden uns von Anfang an ohne das was ihr Zweibeiner „Sprechen" nennt.

Sie hat ganz ohne Töne mit mir gesprochen.

Eine lange Zeit durfte ich bei ihr sein, nachdem ich von Kindheit an viele schlimme Erlebnisse hatte und zum Schluss ganz lange in einem Käfig ganz alleine in dem was ihr „Tierheim" nennt sein musste. Frauchen hat mich daraus befreit.

Aber davon möchte ich euch – wenn ihr wollt – später erzählen.

Wie schon gesagt, es ging mir immer sehr gut bei Frauchen. Bis ich vor kurzer Zeit immer schlechter atmen konnte. Frauchen hat sich sehr große Sorgen gemacht und sich ganz lieb um mich gekümmert. Sie hat den bösen Kasten geholt, in den ich immer gesteckt wurde, wenn es zu dem weißen Zweibeiner ging. Sie schmiss meine Lieblingsleckerlies da rein um mich da hinein zu locken, aber darauf fiel ich nicht herein.

Schließlich hatte sie mich dann doch überlistet und wir fuhren in ihrem Brumsdings zu dem Weißbefellten. Der schaute in den Kasten und meinte nur, „Oh, der Kampfbomber" und stülpte sich lange Schoner über seine Vorderfüße.Dann bekam ich einen Pieks und schlief ein.

Es ging mir dann auch ein paar Tage wieder besser und ich hatte wieder Hunger und konnte auch wieder Kacka machen. Aber das Essen und das Kacka hat mich immer mehr angestrengt, Auch abends zu Frauchen ins Bett hopsen wurde immer schwerer. Frauchen war immer bei mir und ihre Stimme hörte sich sehr traurig an. Dann sprach sie mit dem kleinen schwarzen Knochen und sagte ihm, dass sie mich am nächsten Tag bringen würde.

In der Nacht konnte ich nicht mehr in ihr Bett auf mein Kissen hopsen, ich war zu schwach und ich bekam ganz schwer Luft. So legte ich mich neben ihr Bett und Frauchen hob mich zu sich auf das Kissen neben ihrem Kopf. Da legte ich meine Pranke auf ihr Fell und versuchte zu schlafen.

Das Atmen fiel mir immer schwerer und dann plötzlich bekam ich keine Luft mehr. Ich bekam Panik und mobilisierte meine letzten Kräfte und rannte los. Irgendwo musste doch die Kraft zum atmen sein. Aber sie blieb weg. Ich fiel auf die Seite und mein Körper verkrampfte sich. Ich hatte Angst! Aber da hörte ich Frauchen. Sie nahm mich in den Arm und sprach mit ihr. Das Wasser lief aus ihren Augen und machte mein Fell nass. Aber sie beruhigte mich. Sie erzählte mir, dass es mir gleich besser gehen würde und dass ich ihre anderen Fellnasen im Regenbogenland grüßen sollte.

Das verstand ich nicht, aber ich spürte, dass es mir plötzlich besser ging. Die Verkrampfung löste sich und ich konnte noch einmal richtig durchatmen. Dann spürte ich Frauchen, wie sich mich im Arm hielt und laut weinte. Ich versuchte sie zu trösten, aber irgendwie kam ich nicht zu ihr.

Ich sah, wie sie meinen Körper in meine Decke legte und mein Stinkekisschen und ein kleines Blümi dazulegte. Dann kam ihre liebe Cousine und beide fuhren mit mir eine ganze Zeit bis sie zu einem Mann mit einer lieben Stimme kamen. Der nahm meinen Körper und hüllte ihn in meine Decke und stellte um mich herum Kerzen auf. Frauchen kam herein und nahm mich noch einmal in den Arm. Da wusste ich, dass ich nun auch Abschied nehmen musste.

Aber nur für eine gewisse Zeit!

Irgendetwas sagte mir, dass meine Zeit auf der Erde nun vorbei sei, aber dass nun eine Zeit kam, die alles Böse vergessen lies und alles Gute bewahrte. Besonders die Zeit mit meinem Frauchen.

Licht umfing mich und ich sah eine wunderschöne Brücke mit Blumen über die sich der schönste aller Regenbogen spannte. Am Ende der Brücke war eine Blumenwiese mit vielen Tieren, die dort herumtollten und spielten. Direkt an der Treppe der Brücke waren die Tiere, die Frauchen schon gehen lassen musste und die dort auf Frauchen warteten. Und zu denen ging ich nun. Ich bekam plötzlich wieder ganz viel Luft und zusammen mit den anderen tollte ich nun über die Wiese. Wir haben nun noch viel Zeit mit den anderen, aber eines Tages, wenn auch für Frauchen die Zeit auf der Erde zu Ende ist, werden wir alle am Ende des Regenbogens auf Frauchen warten und dann beginnt eine wunderschöne gemeinsame Zeit.

Für immer!

2 IM REGENBOGENLAND

Hallo hier ist euer Teddy aus dem schönen Land hinter dem Regenbogen.

Hier gibt es viele Fellnasen die alle bei meinem Frauchen gewohnt haben und alle haben sie lieb und warten darauf, sie wieder zu sehen.

Heute will ich euch einen Teil meiner neuen Freunde vorstellen. Da sind noch viel mehr in unserer Frauchengruppe, aber die stelle ich euch später noch vor.

Es gibt da eine ganz große hellbraune Fellnase der Poco heißt. Er ist ein ganz ruhiger Geselle und mampft den ganzen Tag Gras. Er behauptet, dass Frauchen auf ihm gesessen hat und er sie durch die Gegend getragen hat. Er redet lustig, nach jedem Satz sagt er ein "Pfffffrrrt" und wenn er gute Laune hat auch ein ganz lautes "wieeeehiiiihiiii". Manchmal dürfen wir uns auf ihn setzen und er trägt uns dann auch über die schöne Wiese bis zu der Brücke.

Dann gibt es die kleine Bibi. Die hat mit mir zusammen bei Frauchen gewohnt. Ich kenne sie schon als winzigen Winzling. Aber sie war schon als sie aus ihrer Mama geschlüpft war ganz arg krank. Ihre Mama wollte sie immer wegbringen, dass sie schon als Baby ins Regenbogenland gehen sollte. Aber das hat Frauchen nicht zugelassen. Sie hat die Kleine immer wieder gefunden und ihr geholfen, bei uns zu bleiben. Aber sie musste dann doch sehr früh gehen. Sie ist eine ganz süße kleine Maus, immer noch sehr zart aber unheimlich lieb und sie ist immer bei mir. Ich bin ihr Beschützer und bei mir ist sie sicher.

Es ist da noch eine wunderhübsche bunte Fellnase die Mausi heißt. Sie wurde zusammen mit ihrem Schwesterchen von ihrem Katzenpapa zu meinem Frauchen gebracht weil der die beiden nicht ernähren konnte. Sie sind immer zusammen nach draußen gegangen und haben Flitzies gejagt. Bis an einem Abend Mausi von einem bösen Tier mit langem buschigen Schweif gejagt und ganz schlimm gebissen wurde. Sie hat es eben noch nach Hause zu Frauchen geschafft und musste dann über die Regenbogenbrücke gehen.

Ihr Papa Hanibal (Lecter) ist auch hier, hält sich aber immer am Rand der Gruppe auf. Manchmal kommt er in die Nähe seiner Tochter aber er ist eigentlich ein Einzelgänger dem man ansieht, dass er in seinem langen Leben viele Kämpfe durchgestanden hatte. Er hat auch nicht direkt bei Frauchen gewohnt, sondern kam über viele Jahre jeden Abend zum Essen zu ihr und Frank. Und er hat gewusst, dass seine Kinder bei ihr sicher waren, deshalb hat er sie zu ihr gebracht.

Jeannie und Mummel. Jeannie ist eine etwas mürrische aber sehr liebe dunkelbunte Fellnase, Mummel ist eine unglaublich liebe aber etwas verpeilte Tigerin. Sie liegen immer zusammen und die beiden warten nicht nur auf Frauchen sondern auch auf ihr Herrchen Frank.

Wir haben aber auch noch Nacktnasen oder besser gesagt Müffeltiere bei uns. Frauchen hat wirklich alles geliebt! Die eine heisst Buffy und ist ein ziemlich moppeliger und gemütlicher Cockerspaniel. Sie mampft alles, was ihr vor die Schnute kommt. Und will immer schmusen. Und kapiert nicht, dass es nichts Gutes bedeutet, wenn wir Fellnasen mit dem Schwanz wedeln. Aber das macht eigentlich auch nichts, weil wir uns ja alle gut verstehen. Außerdem versteht Buffy, was es bedeutet, wenn ich ihr eine Kralle zeige falls sie wieder einmal zu aufdringlich ist.

Anders bei Struppi. Struppi ist ein Rauhhaardackel. Stur, eigenwillig, borniert, frech und hat vor nix Angst. Nicht einmal vor mir. Obwohl er nicht einmal halb so groß ist wie ich. Er will immer bei mir schlafen. Ich mag keine Rasiernasen! Und schon gar keine Rüden! Auch hier im Regenbogenland nicht! Aber ich darf ihn nicht beissen! Das ist gegen die Regeln hier und Frauchen würde das auch nicht wollen. Wir müssen uns vertragen. Und das weiss der Mistkäfer!

Aber irgendetwas Gutes muss ja an diesem Kläffer sein, schliesslich hat Frauchen ihn auch geliebt. Also lasse ich ihn leben! Zumal ich ihm eh nichts antun könnte, er ist ja schon tot...

Und dann ist hier noch Hexe. Hexe ist die einzige, die mir sagen darf, wo es lang geht. Sie war uralt, als sie über die Brücke gehen musste. 26 Jahre. Und hat in ihrem langen Leben ganz viel erlebt. Schönes und Schlimmes. Und war schon als Baby bei Frauchen. Hat 26 Jahre zusammen mit ihr verbracht und genauso wie ich ohne Worte mit ihr geredet. Wir beide waren ihre Seelenkatzen. Sie hat alle ihre Tiere geliebt, aber wir beide waren etwas Besonderes. Das wissen auch unsere Freunde hier im Regenbogenland. Wir sind ihre Anführer und werden an dem Tag, an dem Frauchen über die Brücke kommt, in der ersten Reihe stehen.

Aber Hexe wird einen Schritt vor mir stehen und Frauchen begrüßen. Das hat sie verdient!

So, jetzt muss ich etwas schlafen. Gute Nacht und bis bald, euer Teddy

3 BESUCHE

Hallo, hier ist euer Teddy aus dem schönen Land hinter dem Regenbogen.

Obwohl es mir hier sehr gut geht und ich mich mit den Freunden aus der „Frauchengruppe" gut verstehe, sehne ich mich oft nach meinem Frauchen. Dann streife ich alleine über die Blumenwiese und erinnere mich an die schöne Zeit mit ihr. Und ich spüre, dass sie auch an mich denkt.

An einem dieser Tage tauchte plötzlich die uralte Hexe, die 26 Jahre lang bei unserem Frauchen war, neben mir auf. Ich hatte sie gar nicht bemerkt, aber so ist es hier. Manchmal spüren unsere Freunde unsere Gedanken und sind dann plötzlich da.

Sie sagte zu mir: „Wenn Dir Frauchen so sehr fehlt, besuche sie doch einfach, das mache ich auch ab und zu. Früher, kurz nachdem ich hierher kam, war ich oft Nachts bei ihr, aber heute besuche ich sie nur noch ab und zu wenn ich merke, dass es ihr nicht gut geht." Ich fragte sie, wie ich das anstellen könnte und dass ich mir das sehr wünschen würde. Hexe sagte, dass wir unsichtbare Flügel hätten, und wir damit unsere geliebten Menschen besuchen können. Wir müssen nur fest an sie denken. Aber nicht alle von uns können das. Nur die, die eine besondere Beziehung zu ihren Menschen hatten.

Und dann war Hexe wieder verschwunden, genauso plötzlich, wie sie gekommen war.

Ich setzte mich ins Gras und dachte nach. Ja, ich möchte Frauchen gerne sehen und ihr sagen, dass es mir hier gut geht und wir alle auf sie warten. Aber dass sie sich ruhig Zeit lassen kann!

Und plötzlich lag ich auf meinem Kissen neben dem Kopf von Frauchen und spürte ihre Hand unter meinem Bauchi. Genau so, wie sie es die ganzen Jahre jeden Abend gemacht hatte. Zuerst kraulte sie mein Bauchi und dann legte ich mich auf die Seite und sie krabbelte mich unter meinem Kinn. Dabei schnurrte ich sie in den Schlaf.

Nun sah ich mein Frauchen, die wie immer ihre Hand auf meinem Kissen liegen hatte, als würde sie auf mich warten. Und sie schlief und machte diese lustigen lauten Grunz-Schnurrgeräusche. Und dann drehte sie sich plötzlich zur Seite, schaute mich an und sagte „mein Teddy". Und schlief wieder ein und lächelte dabei.

Ich war nun schon einige Male wenn sie schlief bei Frauchen. Und ich legte – wie früher – meine Tatze auf ihren Kopf.

Dann lief Wasser aus ihren Augen.

4 DIE WUNDERSAME HECKE

Hier ist euer Teddy mit einem neuen Abenteuer aus dem Regenbogenland.

Bei uns auf der wunderschönen Blumenwiese ist es immer schön warm und es blüht ein wundervoller Teppich aus bunten Blumen. Uns geht es immer gut, wir kennen keinen Hunger, keine Sorgen und keine Schmerzen.

Aber wir spüren, wenn es unseren geliebten Menschen auf der anderen Seite der Brücke nicht gut geht. Sei es, dass sie Sorgen haben, sei es, dass sie unter körperlichen Schmerzen leiden.

Ich bemerke nun schon seit einiger Zeit, dass mein Frauchen wieder die bösen Schmerzen an ihren Hinterbeinen hat. Sie liegt dann ganz viel wach in Ihrem Schlafkasten und rollt immer hin und her.Wenn sie schläft, plagen sie schlimme Träume und Schmerzen. Ich war nun schon einige Male bei ihr, aber auch meine Tatze konnte ihr die Schmerzen nicht nehmen.

Früher habe ich mich - wenn sie Schmerzen hatte - einfach auf die Stelle wo es weh tat gelegt und sie sagte dann, dass ihr meine Wärme guttut. Das geht nun nicht mehr. Die beiden Mädels, die nun noch bei Frauchen wohnen, legen sich zwar auch auf das böse Knie, aber es scheint nicht so zu wirken wie bei mir. Das ist klar, denn die Gabe haben nur die Seelentiere.

Nun verschwand vor zwei Tagen, als die Sonne langsam unterging und wir uns so langsam zum Schlafen legten, die alte Hexe plötzlich in Richtung Brücke. Wo wollte die denn hin? Also folgte ich ihr, ich musste doch aufpassen, dass ihr nichts passiert!

Aber sie ging zu einem Bereich unserer Wiese, die hinter einer hohen Hecke verborgen war. Wohin wollte sie denn? Durch diese Hecke war kein Durchkommen! Aber sie ging unverdrossen weiter und als sie an der Hecke angekommen war, öffnete sich die Hecke einen Spalt und sie ging durch. Dann schloss sich die Hecke wieder und sie war verschwunden. Ich bekam Angst um sie und rannte an der Hecke hin und her. Aber der Durchgang war verschlossen. So beschloss ich zu warten, ob sich die Hecke wieder öffnen würde.

Irgendwann muss ich eingeschlafen sein und spürte einen leisen Tatzenstupps. Es wurde gerade hell und Hexe stand vor mir. Sie erzählte mir, dass sie bei Frauchen war um ihre Schmerzen zu lindern. „Wie geht das?“ fragte ich sie.

Sie erzählte mir, dass hinter der Hecke ein geheimer Bereich unserer Wiese mit ganz besonderen Blumen sei. Wenn unsere Seelenmenschen schlimme Sorgen oder arge Schmerzen haben, können wir dort hingehen. Eine geheime Macht entscheidet dann, ob wir hindurchgehen und ein Blümchen pflücken dürfen. Mit dem Blümchen können wir dann unseren Seelenmenschen besuchen und das Blümchen entweder auf sein Kissen legen um ihm einen schönen Traum zu schicken, der ihm seine Sorgen mildert, oder das Blümchen auf die schmerzende Stelle legen, um die Schmerzen zu lindern.

Und das hatte sie heute Nacht getan, in der Hoffnung, dass sie Frauchen ein wenig von ihren Schmerzen nehmen könne.

So beschloss ich, am nächsten Abend dies auch zu versuchen, denn schließlich war Hexe ihre Seelenkatze, aber ich war ihr Seelenkater!

Am nächsten Abend lief ich wieder den Weg und stand irgendwann vor der Hecke. Und – es passierte nichts! Ich war enttäuscht, war ich doch offenbar kein Seelenkater. Schon wollte ich umdrehen, aber dann sah ich aus dem Augenwinkel, dass sich die Hecke einen Spalt öffnete. So schlüpfte ich hindurch und sah eine Wiese mit so schönen Blümies, wie es sie auf unserer Wiese nicht gab. Welche sollte ich nehmen? Eine Rose? Nein, das passte nicht zu Frauchen! Es gab ganz viele wunderschöne Blümis, die sich mir entgegenreckten. Aber keines passte richtig zu Frauchen.

Am Rande der Wiese wuchs ein einzelnes kleines Maiglöckchen. Es drängte sich nicht vor, es stach nicht heraus. Es war da. Einfach da! Aber in seiner Einfachheit wunderschön und überstrahlte mit seinem Duft jede Rose.

Das war es: Frauchens Blümi!

Ich pflückte es und schon im nächsten Moment stand ich vor Frauchen. Die beiden Mädels bemerkten mich und entfernten sich leise.

Frauchen lag vor mir und war sehr unruhig. Sie warf sich hin und her und ihr Gesicht zuckte. Sie schien Schmerzen zu haben. So legte ich mein Blümi auf ihr Bein und beschloss, noch ein wenig zu bleiben. Ich kroch leise auf mein Kissen und legte meine Tatze auf ihren Kopf, wie ich es immer machte. Sie zuckte noch ein paar mal, dann schnaufte sie ganz tief und schlief ganz fest ein.

Nun konnte ich zurück zu meinem Rudel, Frauchen würde es nun besser gehen!

Als ich durch die Hecke zurück auf die Wiese ging, wartete da schon Hexe auf mich. Ich erzählte ihr, welches Blümi ich gewählt hatte und sie lächelte weise. Sie hatte auch das Maiglöckchen gewählt.

Nur wenn alle Seelentiere das gleiche Blümi wählten, konnte es wirken!

5 DAS WAISENKIND

Hallo hier ist euer Teddy aus dem schönen Land hinter dem Regenbogen.

Heute ist etwas Seltsames und doch sehr Schönes passiert.

Ich war gerade dabei, meinen Mittagsschlaf unter dem schönen großen Baum mit den vielen Vögelein darin zu halten, da kam die alte Hexe zu mir und weckte mich.

„Komm Teddy, wir müssen zur Brücke, ein Waisenkind abholen." sagte sie zu mir. Waisenkind? Was ist das? Abholen? An der Brücke? War Schnäuzchen oder Sternchen über die Brücke gegangen? Nein, das konnte nicht sein! Da wäre Frauchen sehr traurig und das hätte ich gespürt.

Also ging ich noch im Halbschlaf hinter Hexe her in Richtung unserer Brücke. Schon von weitem sah ich den Regenbogen in all seinen wunderschönen Farben leuchten. Das passiert nur, wenn ein neuer Bewohner über die Brücke kommt.

Da sah ich es auch schon: Über die Brücke kam ein wunderhübsches kleines Katzenmädchen. Sie hatte noch ganz blaue Augen und war sichtlich ängstlich und verstört und wusste nicht, was da mit ihr passiert.

Hexe ging sofort auf sie zu, rieb ihren Kopf an ihr und begann die Kleine abzuschlecken. Da entspannte sich das kleine Wesen, kuschelte sich an Hexe und schlief ein. Sie war ganz offensichtlich sehr erschöpft und halb verhungert. Aber hier auf unserer Wiese würde sie sich sofort erholen. Hier gibt es keinen Hunger, keinen Durst und keinen Schmerz.

Nun betrachtete ich die Kleine. Sie war dreifarbig, eine Glückskatze, wie mein Frauchen immer sagte. Sie hatte wirklich Glück, sie war ja jetzt hier!

Hexe lag zufrieden bei der Kleinen und schleckte sie leise ab. Ich fragte sie, was wir hier tun und wo die Gruppe der Kleinen war. „Sie hat keine Gruppe" antwortete Hexe mir. Sie war das einzige Baby einer Katze, die von ihren Menschen vor die Tür gesetzt wurde als sie schwanger war. Die Mama hatte versucht, wieder in ihr Zuhause zu kommen, aber die Tür blieb verschlossen. So machte sie sich auf die Suche nach einem neuen Heim. Auf einem Platz auf dem viele Steine mit kleinen Gärtchen davor standen, kam jeden Abend eine Zweibeinerin die viele Näpfchen vollmachte. Dort versuchte die Mama Essen abzubekommen aber das musste sie mit vielen anderen Katzen, die kein Zuhause hatten, teilen und so musste sie oft kämpfen.

Irgendwann brachte die Kätzin drei Babies zur Welt, aber nur unser Kleines überlebte. Die Mama versuchte so gut es ging, das Kleine zu ernähren, aber die Nuckelies konnten nie richtig voll werden. Eines Tages sah die Mama auf der anderen Seite der Straße ein großes Flitzie, was sie für ihre Tochter fangen wollte. Als sie fast über der Straße war, kam eines der großen Brumsdingse und warf die Mama in den Graben. Das Kleine rannte zu ihrer Mama und legte sich neben sie. Dort blieb sie liegen, bis sie immer schwächer wurde und schließlich für immer einschlief. Die Mama wurde kurz darauf von Zweibeinern gefunden und die stellten fest, dass sie noch lebte und nahmen sie mit. Das tote Kleine warfen sie achtlos in den Graben.

Und deshalb war sie nun hier. Aber auf unserer Wiese muss kein Tier alleine bleiben. Waisenkinder wie unsere Bunti (so haben wir sie genannt) werden von größeren Gruppen adoptiert, weil deren Frauchen und Herrchen sowieso so tierlieb sind, dass sie auch diese Tiere in ihr großes Herz schließen und gemeinsam mit den anderen über die kleine Brücke auf die große Wiese mitnehmen werden.

Es gibt allerdings auch Fellnasen, die alleine über die Brücke kommen, hier aber keine Freunde haben, weil sie das einzige geliebte Tier ihrer Frauchen und Herrchen waren. Die werden auch von einer Gruppe aufgenommen und so lange adoptiert, bis ihre Zweibeiner über die Brücke kommen und sie hier wieder zusammenkommen. So ist kein Tier hier alleine und das ist schön.

Mittlerweile war Bunti wachgeworden und sie war schon viel kräftiger und munterer. Gemeinsam gingen wir zurück zur Gruppe und dort wurde Bunti von den anderen in Empfang genommen. Sie freundete sich sofort mit der kleinen Bibi an und so habe ich jetzt zwei kleine Mädels auf die ich aufpassen darf.

Jetzt muss ich meinen Mittagsschlaf nachholen! Bis bald euer Teddy!

6 KALLI

Hier ist wieder mal euer Teddy aus dem schönen Land hinter dem Regenbogen.

Mir geht es hier immer noch sehr gut und seitdem mir die alte Hexe verraten hat, wie ich mein Frauchen besuchen kann, fällt mir das Warten auch nicht mehr so schwer. Ich besuche sie oft und lege mich dann neben sie auf mein Kissen und lege ihr meine Tatze auf den Kopf. Das hat sie immer sehr gerne gehabt und wenn ich das mache, merkt sie das wohl. Sie lächelt dann und manchmal läuft ihr Wasser aus den Augen.

Hier bin ich ganz viel mit Hexe unterwegs und begleite sie auch oft zu Frauchenmama. Aber über die geheime Brücke darf ich immer noch nicht, so lege ich mich immer ins Gras und warte auf sie.

Am Rande unserer Gruppe habe ich schon oft einen stattlichen Kater bemerkt, der sich aber immer zurückhält und insbesondere wenn Hanibal in der Nähe ist, verschwindet. Heute nun liege ich wieder im Gras und warte auf Hexe und plötzlich steht der Kater neben mir. Und – was soll ich euch maunzen – er sieht genauso aus wie ich! Ich bin schon etwas erschrocken! Wir sehen uns an und er scheint gar nicht erstaunt zu sein. Er erzählt mir, dass Frauchen sein Leben gerettet hat und dass er Angst vor Hanibal hat und sich deshalb ein wenig abseits von der Gruppe hält.

Und dann setzt er sich neben mich und fängt an zu erzählen...

Er wohnte mit ganz ganz vielen anderen Katzen und Katern in einer winzigen Zweibeinbehausung. Da bekamen sie nicht oft Fresschen und Wasser und für ihr Pipi und Häufchen hatten sie keine Klöchen, sondern haben sie einfach irgendwohin gemacht. Die Zweibeiner waren nicht böse zu ihnen, sie haben halt da alle irgendwie gewohnt. Irgendwann war die Zweibeinerfrau weg. Der Zweibeinermann war zwar noch da, aber, er kümmerte sich dann gar nicht mehr um die Katzenkumpels. Alle hatten ganz viel Hunger und Durst und so fingen sie an, zu kämpfen. Und der Hunger war so schlimm...

Und dann lag der alte Zweibeiner irgendwann da. Und bewegte sich nicht mehr. Und fing an, ganz schlimm zu riechen. Und ganz viele Rumbrumser saßen auf ihm und viele von den Katzenkumpels nagten vor lauter Hunger an ihm.

Aber dann ging die Tür auf und andere Zweibeiner in komplett weißen Fellen kamen und fingen an, die Kumpels zu fangen und in kleine Kästen zu stecken. Einige von den Zweibeinern mussten ganz arg spucken, weil es so schlimm roch. Das nutzte der Kumpel aus und flitzte durch die offene Tür nach draußen.

Das war eine neue Welt! Hell, komische saubere Luft und auf dem Boden kein stinkender Matsch sondern wunderschönes Kitzelgras. Er rollte sich darin herum und naschte an den Stängeln. Sie stillten ein wenig seinen Durst, aber er bemerkte, wie sein Magen plötzlich zu grummeln begann und er das Kitzelgras wieder ausspucken musste.

Aber was war das für ein Geruch? Es roch – lecker! Nicht nach Schmutz, nicht nach eklig, nicht nach faul. Nein – es roch nach

Fresschen. So machte er sich auf den Weg, den Ursprung des Geruchs zu finden. Und nach einigen Hüpfern fand er sie: Näpfchen voll mit Sachen, die er noch nie gesehen und geschweige denn gegessen hatte. Es roch auch nach Zweibeinern und auch nach einem Kater und nach Katzenmädchen, aber es war ihm egal, er hatte nur eines: Hunger! So machte er sich über den Napf her und schlang alles in sich hinein.

Dabei bemerkte er nicht, dass sich eine große Gefahr näherte: Hanibal! Der kam zu seinem abendlichen Essen und sah einen fremden Kater, der sein Essen auffraß und noch schlimmer: Der – weil nicht kastriert – ihm sein Revier streitig machte!

So passierte es: Hanibal stürzte sich ohne Vorwarnung auf ihn und weil er total geschwächt und halbverhungert war, konnte er sich nicht wehren. Hanibal schmiss ihn auf den Rücken und verbiss sich in seine Kehle. Mit letzter Kraft konnte er sich befreien, aber da verbiss sich Hanibal auch schon in seinen Bauch und riss ihm den Bauch auf. Er wehrte sich so gut es ging und schrie vor Schmerzen.

Da ließ Hanibal plötzlich von ihm ab und entfernte sich. Halbtot hörte er eine Stimme von einer Zweibeinerin. Die war ganz schlimm aufgeregt und er befürchtete, dass er jetzt zurück in den Dreck musste. Aber er war zu schwach, sich zu wehren als die Zweibeinerin ihn hochnahm und in einen Korb legte. Der war aber überhaupt nicht schmutzig und roch gut. Das war das letzte, was er mitbekam.

Viel später wachte er auf und war in einer sauberen kleinen Höhle mit Stäbchen davor und von oben kam es schön warm auf ihn. Sein Bauch tat ein wenig weh und er war irgendwie eingewickelt. Und um den Hals hatte er etwas,was ihn ganz schlimm nervte!

Er war sehr müde und so schlief er unter dem schönen warmen Licht wieder ein.

Irgendwann wurde er wach und lag auf etwas Weichem. Und es sprach jemand mit ihm. Aber die Stimme kannte er nicht. Es war eine Zweibeinerin. Mit einer sehr ruhigen und lieben Stimme. Und sie nannte ihn „Kalli". Aha! Da sie es dauernd sagte wenn sie ihn kraulte, war das wohl sein Name. So etwas hatte er bis jetzt noch nicht gehabt. Fühlte sich schön an! Aber musste er jetzt in das Stinkehaus zurück?

Er blieb noch einige Zeit in dem warmen Käfig, aber irgendwann kam die Zweibeinerin, die ihn jeden Tag besucht hatte und ihn Kalli nannte, und wollte ihn in einen Kasten stecken. Aber das wollte er nicht, weil er ganz furchtbare Angst vor der Stinkewohnung hatte.

Aber irgendwann landete er doch in dem Kasten und nahm sich vor, sofort wieder abzuhauen!

Doch dann ging das Gitter vor der Box auf und es roch – gut! Und nach Katzenmädchen. Und nach leckerem Fresschen! Irgendwie nach – zu Hause!

Es war so schön! Er hatte einen Namen! Kalli! Er hatte Freundinnen! Die vier Katzenmädchen! Er konnte spazierengehen.

Aber halt! Da draußen war der böse Kater.

So blieb er lieber in der Wohnhöhle.

Abends, wenn alle in der Höhle waren und die Tür zu war, kam der schlimme Kater zum Essen. Aber Kalli war zu Hause und es konnte ihm nichts mehr passieren.

Viele Jahre lebte er mit Frauchen und den beiden jungen Katzenmädels zusammen. Die beiden alten Mädels waren bei Herrchen geblieben, als er mit Frauchens Brumsdings ganz weit wegfuhr und dann in einer anderen, kleineren Höhle wohnte.

Aber da konnte er endlich wieder spazierengehen. Es gab keinen Hanibal, nur einen anderen alten Kater, aber der war freundlich.

Es war eine glückliche Zeit mit Frauchen und den beiden Mädels und er brachte Frauchen immer schöne Geschenke mit. Am schönsten fand es Frauchen, wenn die Geschenke noch lebten. Dann hüpfte sie durch die Höhle und jauchzte vor Freude.

Doch irgendwann bekam er immer öfter schlimme Bauchschmerzen und hatte gar keinen Hunger mehr auf das leckerste Fresschen. Und wenn er doch etwas aß, musste er sofort spucken. Frauchen machte sich große Sorgen um ihn und steckte ihn in den Gitterkasten und dann fuhren sie mit Frauchens Brumsdings zu dem Mann mit dem weissen Fell. So einer hatte ihm ja schon einmal die bösen Schmerzen weggenommen, so hatte er auch gar keine Angst vor ihm.

Er bekam einen kleinen Pieks und dann wurde er müde. Er spürte nur etwas Kaltes auf seinem Bauch und hörte von ganz weit weg den Mann mit dem weißen Fell sagen, dass es ganz schlimm stünde und das man ihn einschlafen lassen sollte. Das wunderte ihn, er schlief doch schon...

Dann spürte er, dass Frauchen ihn hochhob und ihn in den Arm nahm. Dabei machte sie diese schlimmen Trauriggeräusche und sein Fell wurde ganz nass. Aber er spürte, dass sie ihn sehr lieb hatte und dass das was jetzt kam nicht schlimm sein konnte, weil ja Frauchen bei ihm war. Dann spürte er wieder einen Pieks und es wurde ganz dunkel. Das letzte, was er spürte war die Liebe seines Frauchens.

Plötzlich wurde es ganz hell um ihn und er sah die Brücke und den Regenbogen. Und auf der anderen Seite die wunderschöne Wiese, die schönen Blümis und ganz viele Tiere.

Eines von den Tieren löste sich aus der Gruppe, kam an das Ende der Brücke und winkte ihm mit der Pfote. Da erkannte er die alte Kätzin. Es war die alte liebe Katze, die damals bei Herrchen geblieben war. Sie hieß Minka oder Mummel und sie brachte ihn zu den anderen, die auf Frauchen warteten. Und da sah er Hanibal und erstarrte vor Schreck. Aber Mummel sagte ihm, dass er hier vor nichts Angst haben muss, weil alle in Frieden zusammen leben. Trotzdem traute er der Sache nicht und hielt sich lieber am Rand der Gruppe auf.

Da kam auch schon die alte Hexe von ihrem Besuch bei Frauchenmama zurück und gemeinsam gingen wir zurück zu unserer Gruppe. Kalli war nun nicht mehr am Rand, sondern er hatte Vertrauen gefasst und war nun immer in der Gruppe dabei und auch mit Hanibal hatte er seinen Frieden geschlossen.

7 TRAUMBLÜMCHEN

Hier ist euer Teddy aus dem schönen Land hinter dem Regenbogen.

Hier bei uns auf der wunderschönen Blumenwiese ist es immer schön warm und es blüht ein wunderschöner Teppich aus bunten Blumen. Uns geht es gut, wir haben keine Sorgen und keine Schmerzen.

Aber wir machen uns oft Sorgen um unsere Lieben zu Hause.

Dort unten bei unseren lieben Frauchen und Herrchen ist es jetzt kalt und dunkel und oft regnet es. Vielen Herrchen und Frauchen geht es nicht gut. Es gibt Krankheit und viele haben auch oft Sorgen und schlimme Träume.

Wir können sie nicht trösten, aber es ist uns die Möglichkeit gegeben, ihnen Träume zu schenken. Schöne Träume, die ein ganz klein wenig von den Sorgen des Alltages ablenken können.

Es gibt einen Bereich auf unserer Wiese, da wachsen ganz besondere Blumen. Wenn die Zeit auf der Erde voller Sorgen ist, dürfen wir dorthin gehen. Jeder von uns darf sich dort einmal ein Blümchen pflücken und dieses zu unseren Herrchen oder Frauchen bringen. Das Blümchen legen wir dann Nachts auf das

Kissen neben unsere Lieben und es verwandelt sich in einen schönen Traum.

So können wir unseren Lieben ein klein wenig über diese schwere Zeit hinweghelfen.

8 HANIBAL

Hallo, hier ist euer Teddy aus dem verschneiten Regenbogenland.

Ja, auch hier ist der Winter eingekehrt. Aber nicht so nass und unfreundlich wie bei euch da unten. Unsere schöne Wiese gibt es immer noch, aber ein Teil der Wiese hat sich in eine wunderschöne Schneelandschaft verwandelt. Glitzernder weißer Schnee bedeckt das Land, aber es ist trotzdem nicht kalt und so können wir uns aussuchen, ob wir auf unserer schönen Wiese mit den Blümis bleiben, oder im Schnee herumtollen und lustige Spuren machen.

Die meisten aus unserer Frauchen-Gruppe kennen den Schnee und haben auch keine Angst davor. Wir durften früher draußen herumtollen, aber wir hatten auch die Möglichkeit wenn es zu kalt wurde oder wir Hunger bekamen, wieder in die warme Wohnhöhle zurückzugehen. Die kleine Mausi war in ihrem kurzen Leben nur in der Wohnhöhle, weil sie ja ein wenig krank war und deshalb nicht raus durfte. So setzten wir sie auf den großen Poco und sie konnte sich den Schnee aus sicherer Höhe anschauen. Aber irgendwann wollte sie doch mit uns in den Schnee und Poco setzte sie vorsichtig ab. Und – Schwupps – war die kleine Maus verschwunden. Aber da kam auch schon das Köpfchen mit einem kleinem Schneeberg darauf wieder hoch.

Und dann hoppste sie wie ein kleiner Hase durch die weiße Landschaft und spielte mit ihren Kameraden als hätte sie nie etwas anderes getan.

So tollten wir durch den Schnee und hatten viel Spaß. Nur einer saß am Rande auf der Blümiwiese und kam nicht zu uns. Hanibal!

Der große Kämpfer mit den vielen Narben traute sich nicht in den Schnee. So ging ich zu ihm und wollte ihn zu uns holen.

Aber er sagte nur: „Ich hasse dieses kalte weiße Zeug!" drehte sich herum und ging weg.

Ich wollte wissen, was er damit meinte, Schnee war doch lustig! So ging ich ihm hinterher und irgendwann legte er sich nieder und fing an zu erzählen:

„Unsere Mama hatte uns geboren, als die großen Waldbewohner ihre Blätter auf den Boden warfen. Wir wohnten in einer alten Hütte, die von Zweibeinern alleine gelassen worden war. Ich hatte noch zwei Geschwisterchen, zwei Mädels. Mami ließ uns oft alleine, dann schliefen wir bis sie wieder zurück kam und wir uns an ihren Nuckelies satt trinken konnten. So ging das einige Zeit, wir wurden größer und Mama brachte uns auch schon kleine Flitzies oder Flatterer mit, die wir dann aufessen durften. Aber wir bekamen auch noch den leckeren Nuckelies-Saft.

Eines Tages kam unsere Mama nicht mehr zurück. Wir hatten großen Hunger und riefen laut nach ihr. Aber sie kam nicht zurück. Statt dessen kamen große Brumsdingse und machten unsere Höhle kaputt. Ich versteckte mich aber die beiden Mädels wurden von den Zweibeinern eingefangen und weggetragen. Und ich war plötzlich ganz alleine. Und dann fielen plötzlich weiße Dingse vom Himmel. Und die waren kalt und nass. Und meine Höhle war kaputt. Meine Schwesterchen und meine Mama waren nicht mehr da. Ich hatte Hunger und mir war Kalt. Und ich hatte Angst!

Das weiße, nasse und kalte Zeug bedeckte den Boden und meine Pfötchen wurden ganz kalt. Ich versteckte mich unter einem Busch. Mama musste ja schließlich bald wieder zurückkommen. Sie würde mich niemals alleine lassen! Aber sie kam nicht. Und ich hatte so großen Hunger! So fing ich an, an allem, was da so aus dem Boden kam, herum zu nagen. Aber nichts war lecker. Da steckte ein kleines Flitzie seine Nase aus einem kleinen Löchlein aus dem Boden. Und das habe ich mir geholt. Und gegessen! Mein erstes eigenes Flitzie! Aber es wurde eine schlimme Zeit. Immer hatte ich Hunger. Ab und zu fing ich mir ein kleines Tierchen, aber die hatten ja selbst alle Hunger und waren ganz dünn.
So wanderte ich durch die Gegend und wusste niemals, wo ich war. Oft wurde ich von Zweibeinern vertrieben und oft musste ich um mein Essen kämpfen. Ich lernte, dass viele von uns ohne Frauchen und ohne Herrchen leben mussten. Und gerade wenn das kalte weiße Zeug vom Himmel fiel, war viel zu wenig Essen für uns alle da.

So ging das über viele Jahre. Manchmal kam ich an Orte, an denen Zweibeiner uns leckeres Futter hinstellten. Aber es waren immer viel mehr Fellnasen als Futter da, also hieß es auch da immer: Kämpfen!

So lernte ich über die vielen Jahre, dass ich immer der Stärkste sein musste! Gnadenlos! Und sobald dieses schlimme weiße Zeug vom Himmel fiel, wurde der Kampf immer schlimmer und gnadenloser. Es ging nur ums Überleben. Und es gab eine Zeit, da konnte ich nicht kämpfen weil ich schwach wurde. Meine Äuglein verklebten und ich sah nichts mehr. Aus meiner Nase lief klebriges Zeug und ich bekam keine Luft mehr. Auch jagen konnte ich nicht mehr. Ich war sehr schwach, aber irgendwie konnte ich mich über diese kalte Zeit retten und als die ersten Blümis aus dem Boden kamen konnte ich mir ein Flitzie fangen und so langsam kam das Leben in meinen Körper zurück.

Irgendwann fand ich dann Frauchen und die stellte mir in der kalten Jahreszeit ein Häuschen hin, in dem es trocken und warm war und jeden Tag gab es Essen nur für mich. Nur in die Wohnhöhle durfte ich nicht, da wohnten schon andere Fellnasen und meine beiden Mädels. Aber für mich war das schon wunderschön, nicht mehr nass und hungrig sein zu müssen und Nachts im Warmen liegen zu können.

Aber dann kam irgendwann der Tag, es war wieder Winter und ich war schon sehr alt. Da kam ein Kater, der aussah wie ich und der mein Sohn war. Frauchen nannte ihn Luzifer. Er machte mir mein Revier streitig. Immer wieder griff er mich an, aber noch konnte ich ihn abwehren. Eines Tages kam er aus dem Hinterhalt und biss mich. Wieder und wieder! Ich versuchte, mich zu wehren, aber ich war schon zu schwach. So gab ich auf und irgendwann ließ der Kater von mir ab. Ich lag in diesem verdammten weißen Zeug, diesem Schnee und um mich herum färbte sich das Zeug rot. Müde, ich wurde so sehr müde. Nur noch schlafen, ein langes Leben immer im Kampf hinter mir lassen.

Da hörte ich Stimmen.Die eine kannte ich, das war die Stimme von der Zweibeinerin, die mir meinen Namen gegeben hatte – Hanibal. Die andere Stimme war tiefer, die kannte ich nicht. Dann spürte ich, wie ich aufgenommen wurde und dann wurde alles dunkel.

Irgendwann wachte ich auf und ich spürte – Wärme! Wohlige Wärme! Ich lag auf etwas unfassbar weichem und kuschelig Warmen! Und neben mir ein Katzenmädchen, das offenbar sehr alt war und sich an mich kuschelte. Und aus der Höhle nebenan hörte ich leise Zweibeinerstimmen. Die von „Frauchen" und dem unbekannten Zweibeiner.

Der unbekannte Zweibeiner kam irgendwann zu mir und er sah anders aus, als alle Zweibeiner, die ich in meinem langen Leben gesehen hatte. Er war überall bemalt! Und er hatte ganz viele Spieße im Gesicht. Irgendwie bin ich erschrocken! Aber seine Stimme war ganz sanft. Und da kam auch schon Frauchen hinterher. Und der bunte Mann sagte nur „Du bist Zuhause, Hanibal!"

Ab diesem Tag bin ich nie mehr nach Draußen gegangen. Mit mir zusammen lebten noch einige andere alte Fellnasen hier. Und eines hatten wir alle gemeinsam: Wir hassten den Schnee!

Frauchen hat uns oft besucht und ich durfte noch einige Zeit hier leben bis ich zu euch über die Regenbogenbrücke kam."

Nun legte sich Hanibal nieder und schlief ein.

9 DIVA

Hier ist euer Teddy aus dem schönen Land hinter dem Regenbogen.

Ich habe euch doch schon erzählt, dass wir ab und zu Waisenkinder in unsere Gruppe aufnehmen, die auf der Erde keine geliebten Menschen haben. Aber es gibt auch Fellnasen, die auf der Erde einen Zweibeiner hatten und über alles geliebt wurden. Aber wenn sie über die Brücke kommen, haben sie hier keine Gruppe, an die sie sich anschließen können. Dann werden diese Tiere in einer Gruppe „geparkt“, bis ihr Mensch ihnen über die Brücke folgt und sie dann gemeinsam über die geheime Brücke gehen können.

Heute war es wieder einmal so weit. Hexe kam zu mir und sagte mir, dass wir ein Einzelkind an der Brücke abholen sollen.

So machten wir uns auf den Weg und sahen von Weitem schon die bunten Lichter des Regenbogens. Und über die Bücke kam eine langhaarige Schönheit. Rabenschwarz, mit stolzem Gang und wunderhübschen Puscheln an den Ohren.

Als wir bei ihr angekommen waren, fragte sie uns, ob wir sie nun endlich wieder zu Ihrer Zweibeinerin bringen würden. Sei sei bei einem ihrer Spaziergänge von so einem brummenden Rolldings erwischt worden und ihr Frauchen hätte sie gefunden. Sie habe dauernd ihren Namen gerufen und dabei ist ihr ganz viel Wasser aus den Augen gelaufen und hat damit ihr schönes Fell ganz nass gemacht. Das Frauchen hat dann Diva – so heißt die Schönheit – in die Arme genommen und sie mit ihrem eigenen Brummrolldings zu dem Zweibeiner mit dem weißen Fell gefahren. Da wollte sie aber gar nicht hin, da gab es immer diese blöden Piekse. Aber sie konnte ihrem Frauchen gar nichts sagen. Ihr Körper war ganz schlaff und sie konnte auch nichts mehr maunzen. Aber sie hatte keine Schmerzen und spürte nur das Wasser, das aus Frauchens Augen in ihr Fell lief.

Nun kam der weißbefellte und dann spürte Diva noch einen kleinen Pieks, der gar nicht mehr wehtat und sie spürte, dass Frauchen sie ganz fest an sich drückte und ganz laute Trauriggeräusche machte.

Das nächste, was Diva sah, war die Brücke und den Regenbogen und so kam sie hier herüber. Aber nun wollte sie endlich wieder zurück zu ihrem Frauchen, denn die hatte nur sie und die Beiden lebten schon viele Jahre zusammen.

Wir erklärten Diva, dass sie nicht zurück zu ihrem Frauchen könne, der Weg über die Brücke geht nur in eine Richtung. Aber sie kann ihr Frauchen sehen und sie auch von Zeit zu Zeit im Traum besuchen. Aber sie würde niemals mehr mit ihr zusammen in ihrem Zuhause leben können.

Das machte Diva sehr traurig, hatte sie doch ihr Frauchen sehr sehr lieb gehabt und war schon seit sie ein Baby war nur mit ihr zusammen gewesen. Aber sie verstand, dass sie nun in unsere Gruppe gehörte, bis eines Tages ihr Frauchen über die Brücke kam.

So kamen wir bei unseren Freunden an und stellten Diva allen anderen vor. Sie gewöhnte sich schnell an uns, wir stellten aber fest, dass sie nie so ganz zu uns gehörte und wohl ganz viel bei ihrem Frauchen war.

Einige Zeit war vergangen, da kam Diva zu Hexe und mir und berichtete uns, dass ihr Frauchen überhaupt nicht ohne sie zurecht kam. Sie würde nur noch zu Hause sitzen und ganz viel traurig sein. Dabei lief ihr ständig Wasser aus den Augen. Diva fragte uns, was sie tun könne, damit ihr Frauchen wieder fröhlich sein kann.

Die schlaue Hexe dachte einen Moment nach und sagte dann: „Du musst ihr eine neue Fellnase suchen! Das kannst nicht Du sein, denn Du bist einmalig. Aber es gibt da unten so viele arme Katzenseelen, die ein Heim und Liebe brauchen. Mach Dich auf die Suche und bringe Deinem Frauchen eine neue Mieze, damit sie wieder glücklich wird!"

Diva schaute sie erschrocken an und sagte: „Aber wenn ich ihr eine neue Diva bringe, dann wird sie mich vergessen und niemals zu mir zurückkommen, das will ich nicht!" Aber Hexe beruhigte sie und sagte ihr, dass sie für immer und ewig im Herzen ihres Frauchens sein wird, aber dass die meisten Zweibeiner viel Platz in ihren Herzen haben und da auch noch ein kleines Zimmerchen für eine neue Fellnase sein wird.

Das beruhigte Diva und sie fragte, wo sie denn eine neue Fellnase für ihr Frauchen finden würde. Hexe erklärte ihr, dass sie sich mit ihren unsichtbaren Flügeln auf den Weg machen solle, da unten auf der Erde gibt es so viele Fellnasen, die ein neues Zuhause suchen, viele von denen wohnen mit ganz vielen anderen

Leidensgenossen in eigens dafür gebauten Häusern und warten auf neue Herrchen und Frauchen.

So machte sich Diva noch an dem selben Tag auf den Weg und es dauerte nicht lange, das kam sie zurück und berichtete uns ganz aufgeregt, dass sie eine neue Diva gefunden hat, die allerdings ein er ist und Prinz heißt. Er hat sein Frauchen verloren und wohnt in so einem Tierheim ganz in der Nähe von Frauchen. Er ist genauso rabenschwarz wie sie,habe aber nicht so wunderschöne lange Haare. Aber er sei ein ganz Lieber und würde Frauchen sicherlich trösten. Aber wie kann sie Frauchen zeigen, wie sie Prinz findet?

Hexe brachte sie zu dem Teil der Wiese, wo die Traumblumen wachsen und zeigte ihr ein Blümchen, mit dem sie ihrem Frauchen den Traum von Prinz schicken kann.

Einige Tage später kam Diva und erzählte, dass sie in der Nacht bei Frauchen war und wer lag neben ihr im Schlafkasten? Prinz! Und Frauchen lächelte im Schlaf. Aber ihre Hand lag wie immer auf dem Kissen, auf dem Diva immer geschlafen hat...

Diva ist nun ein fester Bestandteil unserer Gruppe, aber falls Prinz vor ihrem Frauchen über die Brücke auf die Wiese kommt, werden die beiden eine neue Familie bilden und gemeinsam eine neue Fellnase für ihr Frauchen suchen.

10 MAUSIS GEBURTSTAG

Hallo, hier ist euer Teddy.

Heute geht es um meine kleine Mausi. Das kleine zarte Wesen ist eigentlich immer bei mir. Heute wachte ich auf und Mausi war nicht da. Ich machte mich auf, sie zu suchen. Die Kleine war nirgendwo zu finden. Keiner hatte sie gesehen. Frauchen konnte sie nicht besuchen, das können bei uns nur Hexe und ich.

Irgendwann fand ich die Kleine unter einem wunderschönen Blumenbusch. Aber sie schien gar nicht zu sehen, wie schön es hier ist. Ich legte mich zu ihr und sie kuschelte sich sofort an mich.

Lange lag sie so bei mir und dann sagte sie: „Ich habe heute Geburtstag." Dann war sie wieder still. Bei ihrer Geburt war ich ja dabei. Ich dachte daran, als die drei Babies zur Welt gekommen waren. Ich hatte mich sofort für sie verantwortlich gefühlt.

Dann fing sie plötzlich an zu erzählen.

„Ich wurde aus meinem schönen warmen Platz in Mamas Bauch viel zu früh herausgerissen. Als ich plötzlich aus meinem mummelig warmen Platz in diese kalte Welt herausgepresst wurde, merkte ich, dass da etwas falsch war. Mama hat mich zwar abgeschleckt, aber dann hat sie mich zur Seite gedrängt und meine beiden Geschwister an ihre Nuckelies gelassen. Etwas Großes hat mich hochgehoben und an die Zitzen von Mama gelegt. Ich hatte riesigen Hunger und habe so viel wie möglich von dem leckeren Milchie getrunken. Aber dann hat mich Mama wieder zur Seite gedrängt. Und dann hat sie mich im Genick gepackt und einfach weggetragen. Hat mich irgendwo hingelegt. Ich habe leise gerufen, aber ich habe ganz schlecht atmen können und bin immer gleich eingeschlafen. Aber dann kam das große Greiftier und hat mich einfach in ihre große Pfote gelegt und mir eine kleine Zitze in dem Mund gesteckt. Das hat fast geschmeckt wie bei Mama. Und dann hat mich das große Greiftier mit der lieben Stimme wieder zu meinen Geschwistern gelegt. Wie haben uns immer aneinander gekuschelt und hatten ein schönes warmes Kissen unter uns und warmes rotes Licht über uns.

So ging das eine ganze Zeit. Mama hat immer wieder versucht, mich von meinen Geschwistern zu trennen und weggeschleppt,aber das große Greiftier hat mich immer wieder gefunden und zurückgebracht. So wurde ich kräftiger und Mama lies endlich zu, dass ich bleiben durfte und mich auch an ihren Nuckelies satt trinken durfte. Aber ich war viel schwächer als meine Geschwister. Wenn wir gespielt oder getobt haben, wurde ich immer ganz schnell müde und es hat ganz arg in meiner Brust gepumpert.

Irgendwann hat mich Frauchen zusammen mit Mama in eine Kiste mit Türchen gesteckt und wir sind in eine neue Höhle gekommen in der es ganz komisch gerochen hat. Dort war ein Zweibeiner mit weißem Fell, der mich auf den Rücken legte und mir mit einem großen kalten Ding über den Bauch rubbelte. Dann hat er mit Frauchen geredet, und die war daraufhin sehr traurig. Er erzählte ihr, dass ich nicht lange leben dürfte und dass mein Herzchen krank sei. Das habe ich alles nicht verstanden, aber ab da musste ich jeden Tag so ein doofes kleines Dings essen. Aber Frauchen versteckte es in Leberwurst, dann ging es.

So ging es mir eine ganze Zeit gut. Ich habe mit meinen Geschwistern und mit Mama und Dir Onkel Teddy, gespielt und ich hatte keine Schmerzen.

Aber irgendwann ging es mir jeden Tag schlechter. Ich konnte schlecht atmen und Frauchen fuhr wieder mit mir zu dem Zweibeiner mit dem weißen Fell. Ich hatte keine Angst, der hatte mir nicht wehgetan und schließlich war ja Frauchen bei mir.

Der weißbefellte drückte auf meinem Bauchi herum und das tat mir schon weh. Ich bekam keine Luft und es pumperte in meiner Brust. Ich rief nach Frauchen. Aber der weißbefellte schickte Frauchen aus der Höhle hinaus. Und dann hielten mich zwei Zweibeinerinnen in weißem Fell fest und der Zweibeiner stach mir mit langen Nadeln in den Bauch. Immer wieder. Und es tat so sehr weh. Ich schrie nach Frauchen. Immer wieder und immer lauter und der weißbefellte stach immer weiter. Ich hatte so Angst und es tat so weh! Dann ging plötzlich die Tür auf und Frauchen rannte auf mich zu. Sie riss mich dem Zweibeiner aus der Hand und schmiss ihn an die Wand. Nun war ich in Sicherheit. Ich sah noch einmal in Frauchens Augen, aus denen ganz viel Wasser lief, dann schlief ich für immer ein. Das nächste was ich sah, war die Brücke. Und auf der anderen Seite wartete die alte Hexe auf mich. Und irgendwann kamst ja dann Du lieber Onkel Teddy. Da wusste ich, dass mir nichts mehr passieren konnte.“

Die kleine Maus kuschelte sich wieder an mich und schlief ein. und ich beschloss, ihr einen schönen Geburtstag zu bereiten. Ich schlich mich leise davon, rief unser ganzes Rudel zusammen und erzählte ihnen die Geschichte von Mausi und ihrem heutigen Geburtstag.

Leise bewegten wir uns alle zu Mausis Versteck und ganz vorne lief der große liebe Poco. Er beugte sich ganz herunter zu der kleinen Maus, nahm sie vorsichtig zwischen seine riesengroßen Zähne und hob sie hoch auf seinen Rücken. Da wachte sie auf und machte große Augen. Gemeinsam gingen wir nun über unsere schöne Wiese und es schien, als ob sich die Blümchen heute besonders schön gemacht hätten.

Wir gingen zu der geheimen Brücke und Hexe stieg hinüber und holte Frauchens Mama an die Grenze. Ich weiß nicht warum das nun funktionierte, aber Frauchens Mama kam mit Hexe über die geheime Brücke und nahm die kleine Mausi vom Rücken von Poco auf den Arm. Sie kuschelte lange mit ihr und erzählte ihr Geschichten von Frauchen. Dann setzte sie Mausi wieder auf Poco und ging zurück über die geheime Brücke.

Wir liefen zurück und Mausi war so glücklich wie noch nie hier oben. Sie hatte einen schönen Geburtstag im Kreis ihrer Freunde. Und irgendwann feiern wir gemeinsam mit Frauchen...

11 BUFFY UND ZIEMZER

Hallo, hier ist wieder euer Teddy aus dem Regenbogenland.

Heute erzählt euch das Klickklackmüffeltier Buffy zusammen mit dem kleinen grauen Kater Ziemzer ihr Abenteuer mit Frauchen.

Buffy ist ein liebes altes Cockermädchen, das immer Hunger hat. Obwohl wir hier oben eigentlich niemals Hunger haben, sucht sie immer nach ihren geliebten Leckerlies...

Ziemzer wurde von Buffy groß gezogen und er ist wie ein Sohn für sie. Immer schaut sie wo er ist und wenn er mal kurz weg ist, macht sie sich sofort große Sorgen und sucht ihn.

Aber alles andere soll Buffy jetzt selbst erzählen...

„Lange habe ich alleine mit meinem Herrchen zusammengewohnt. Das war eine schöne Zeit. Herrchen hat immer dafür gesorgt, dass mein Napf voll war und auch sein Fresschen hat er immer mit mir geteilt. Unser altes Frauchen hatte uns vor einiger Zeit verlassen und deshalb war Herrchen immer traurig. Spazierengehen mochte er auch nicht so gerne, so bin ich immer kurz vor die Tür, habe mein Geschäft gemacht und bin dann wieder zu Herrchen und den Leckerlies. So richtig weit konnte ich eh nicht laufen, dann hat mir immer die Puste gefehlt und ich war ganz schnell müde und musste mich hinlegen. Die Frau, die in dem Haus neben uns wohnte, begrüßte mich immer mit „Hallo Buffymoppel"! Das habe ich nicht verstanden, ich hieß doch Buffy...

So verging die Zeit und ich wurde immer runder und zufriedener. Doch irgendwann brachte Herrchen eine neue Zweibeinerin in unser Zuhause und erklärte mir, dass dies nun mein neues Frauchen sei. Ja schön, nun hatte ich zwei Leckerlielieferanten! Dachte ich! Aber diese Zweibeinerin behauptete, ich sei „Dick"! ICH! Und sie gab mir überhauptgarnienix mehr zu essen! Na ja, ein klein wenig war schon noch im Näpfchen. Aber so richtig satt wurde ich nicht! Und sie schimpfte mit Herrchen, wenn er sein Essen mit mir teilen wollte!

Was hatte er denn da für eine angeschleppt?

Ich beschloss, sie nicht zu mögen! Aber das war gar nicht so einfach, denn Herrchen mochte sie sehr und da konnte sie ja nicht so verkehrt sein. Außerdem kraulte sie mich so schön und ich durfte auch weiter auf meiner geliebten Couch liegen. Und sie bastelte mir neue Leckerlies. Dafür schnitzte sie aus langen gelben Stangen mit oben grünem Gestrüpp dran kleine Stängelchen für mich. Die schmeckten so ganz anders als die Leckerlies, die ich bis jetzt immer bekommen hatte. Irgendwie...gesund! Aber die knacksten so schön beim Reinbeissen und eigentlich waren die doch ganz lecker.

Doch dann kam der Horrortag schlechthin! Sie kam zu mir und legte mir ein breites Band um den Hals und daran befestigte sie eine lange Schnur. Das hatte ich schon ewig nicht mehr an. Früher bei meinem alten Frauchen hatte ich auch so etwas, da sind wir immer ganz lange gelaufen und ich durfte in dem breiten Wasser, was sie Rhein nannte, schwimmen. Aber seit ich alleine mit

Herrchen war, bin ich immer nur kurz vor die Tür gegangen. Alles andere war mir sowieso viel zu anstrengend.

Aber das neue Frauchen war erbarmungslos! Jeden Tag zerrte sie mich vor die Tür und ich musste laufen. Das habe ich immer ein paar Schritte getan und dann habe ich mich hingelegt und bin einfach nicht mehr aufgestanden. Dann musste sie mich heimtragen. Da hat sie dann immer furchtbar geschnauft und mich einen „fetten faulen Klops“ genannt. Das ich habe ich nicht verstanden, aber es fühlte sich nicht nett an! Dass sie das einfach nicht verstand: Wenn ich nichts zu essen bekomme, kann ich auch nicht laufen! Ist doch logisch, oder?

Dann kam sie an einem Abend nach Hause und hatte einen Kasten dabei, aus dem komische Geräusche kamen. Vielleicht etwas zu essen??? Ich ging zu dem Kasten und was sah ich? EINE KATZE!!!!!! Zwar eine kleine Katze aber es war eindeutig eine Katze! Winzig klein und grau. Aber eine Katze! Ich beschloss, sie gleich, wenn sie aus dem Kasten kam, aufzuessen!

Und dann machte Frauchen das Türchen auf und der Winzling kam heraus geschlichen. Und – kuschelte sich sofort an mich! Da konnte ich den Zwerg doch nicht essen! Ich beschloss, meine Mahlzeit zu verschieben, der Kleine musste ja eh noch ein wenig wachsen, um mich satt zu machen. So schob ich ihn mit meiner Pfote von mir und wollte weggehen. Aber der Kleine war hartnäckig und krabbelte zwischen meine Pfoten und schlief einfach ein. Da musste ich ja stillhalten um ihn nicht zu wecken. So legte ich mich auch vorsichtig hin und schlief ein.

Ich hörte nur noch, wie Frauchen zu Herrchen sagte: „So, Plan aufgegangen! Ziemzer wird unser Moppelchen schon auf Trab bringen!“

Als ich wach wurde, war der Winzling, den Frauchen „Ziemzer" nannte, an meinem Futternapf! Und er aß von meinem Futter! Als ich zu ihm ging um ihn nun doch gleich zu essen, schleckte er mir über die Nase und hielt sich mit seinen kleinen Pfotenkrallen an meinen wunderschönen Buffyohren fest. So hob ich vorsichtig den Kopf und trug ihn zu meinem Körbchen. Da legte ich mich hin, Ziemzer ließ meine Ohren los und kuschelte sich an mich.

Ich beschloss, ihn nicht aufzuessen, sondern ihm erst einmal Manieren beizubringen. Egal, dass er eine Katze war, jetzt war er mein Junges!

Komisch, ich hatte plötzlich gar keinen Hunger mehr..."

Hier ist wieder euer Teddy, jetzt ist Buffy doch einfach eingeschlafen! Aber sie wird euch die Geschichte von Ziemzer, dem kleinen Dieb und seiner Mama Buffy sicher morgen weiter erzählen.

Ich bin jetzt auch müde. Tschüssmaunz, euer Teddy

12 BUFFY UND ZIEMZER 2.TEIL

Hallo, hier ist wieder euer Teddy aus dem schönen Land hinter dem Regenbogen.

Ich habe es geschafft, Buffy ist wieder wach und bereit, ihre und Ziemzers Geschichte weiter zu erzählen:

„Ziemzer war nun schon einige Zeit bei mir und er wurde ein ziemlich anstrengender Kater. Außer wenn er schlief und das tat er sehr viel! Aber er war immer an meiner Seite und am allerliebsten hängte er sich an meine wunderschönen Buffyohren und ließ sich durch die Gegend tragen. Aber so langsam wurde er mir doch etwas zu schwer und zu groß. Mittlerweile schleifte sein Poppes auf dem Boden, wenn ich ihn durch die Gegend trug.

Wenn er wach war, wollte er immer Spielen und Toben, so dass ich kaum noch zum Essen kam. In Ruhe essen konnte ich eigentlich nur, wenn der kleine Racker schlief. Aber dann kuschelte er sich immer so an mich, dass ich auch nicht aufstehen und essen konnte.

So hatte ich schon einiges abgenommen und musste beim Spazierengehen nicht mehr so doll schnaufen. Das tat mir eigentlich ja auch ganz gut, aber das hätte ich ja niemalsnicht zugegeben! Ich bettelte immer noch gnadenlos nach Leckerlies, aber Frauchen gab mir genauso gnadenlos nur Miniportionen und diese knacksknacks-leckerlies, die nach garnix schmeckten.

Frauchen fand es toll, dass ich jetzt so prima laufen konnte. Wir gingen jeden Tag ein kleines Stück weiter. Und immer lief Ziemzer brav an meiner Seite. Aber ich musste immer das Band mit der langen Schnur um den Hals haben, Ziemzer durfte laufen ohne angebunden zu sein. Mittlerweile gingen wir schon bis zu dem breiten Wasser, den Frauchen Rhein nannte und ich durfte da immer ein bisschen planschen gehen. Ich mochte das sehr gerne und rief meinen Ziemzer immer dass er auch reinkommen sollte. Aber der Feigling hatte Angst vor Wasser und jagte in der Zeit lieber Flitzies und kleine Grasrumhopser.

Da ich ja ein schlaues Buffy bin, hatte ich schnell gemerkt, dass Ziemzer etwas konnte, was ich nicht kann: hüpfen! Und zwar sehr hoch hüpfen! So hoch, dass er auf die Platte hüpfen konnte, auf der Frauchen immer das Fresschen für Herrchen und sie bastelte und wo auch oft leckere Sachen standen, die ich nicht haben durfte.

Ich habe meinem Ziemzer erklärt, dass ich wohl bald verhungern müsste wenn er mir nicht hilft und das leckere Fresschen für mich von der Platte holen würde

So warteten wir jetzt immer, bis Frauchen Fresschen gemacht hatte und etwas auf der Platte stehen liess. Dann sagte ich Ziemzer, dass er hochhopsen sollte und das leckere Fresschen für uns holt. Denn natürlich bekam mein Kleiner auch immer etwas ab. Nicht viel, aber der Kleine hatte ja auch nur einen ganz winzigen Magen!

Wir aßen das dann immer ganz schnell und wenn Frauchen in die Kochhütte kam, schimpfte sie immer mit Herrchen, weil der wieder alles aufgegessen hatte.

Das klappte prima eine ganze Weile.

Dann kam die Zeit, in der Herrchen sich früher immer versteckt hatte, weil dieses „Weihnachten" für ihn keine schönen Erinnerungen hatte. Aber Frauchen ließ es gar nicht zu, dass er traurig war. Sie schleppte einen riesengroßen Baum in die Wohnung. Den behängte sie mit ganz vielen glänzenden Kugeln, Krimskrams und Flackerstäbchen. Ziemzer war begeistert und sprang gleich mal mitten in die glitzernde Pracht. Ich wusste gar nicht, dass Frauchen so schön laut schreien konnte.

Vorsichtshalber verzogen wir uns in mein Körbchen!

Da kam auch schon Herrchen nach Hause und hatte einen großen nackigen Vogel dabei. Frauchen nahm den mit in die Fresschenhütte und stopfte allerlei Zeug, was sehr lecker roch, in ihn hinein. Dann wurde er noch eingepinselt und in den Kasten gestopft, der immer sehr heiß wurde. Aber der Kasten hatte vorne einen Durchguck, da konnten wir beobachten, dass es dem Vogel wohl ziemlich warm wurde. Er sah aus wie Frauchen, wenn sie zu lange draußen in der Sonne gelegen hatte. Er roch nur besser...

Irgendwann holte Frauchen den Vogel aus dem Bruzzelkasten. Uiiiii, der roch ja sooooo gut! Aber der war auch ganz schön groß! Ausserdem war ja Frauchen in der Nähe...

Aber da sagte sie zu Herrchen, dass sie sich eben umzieht und sie dann essen würden. Das war DIE Chance! Ich rief Ziemzer und sagte ihm, dass er den Bruzzler für uns von der Platte holen soll. Er hüpfte sofort hoch und versuchte, den Vogel runterzuschmeissen. Aber das Ding war verdammt heiß und schwer. So versuchte ich ihm zu helfen und stellte mich auf die Hinterbeine und angelte mit den Vorderpfoten nach dem leckeren Vogel. Ziemzer zog derweil an dem Bein. Bei all der Arbeit hatten wir gar nicht gemerkt, dass Frauchen und Herrchen in dem Loch zu der Wohnhöhle standen.

Als ich sie sah, befürchtete ich, dass es jetzt ganz großen Ärger geben würde. Aber die beiden schienen schlimme Bauchschmerzen zu haben. Sie krümmten sich und gaben komische Töne von sich. Frauchen lief außerdem ganz viel Wasser aus den Augen.

Ziemzer und ich schlichen uns ganz leise an den beiden vorbei, legten uns in mein Körbchen und taten so, als würden wir schlafen.

Plötzlich stieg mir ein unglaublich leckerer Geruch in die Nase. Ich machte vorsichtig ein Auge auf und was da vor mir stand ließ mir das Wasser aus den Lefzen laufen: Da standen zwei Näpfe, einer groß, einer etwas kleiner mit ganz leckeren Stücken von dem Bruzzler!

Frauchen und Herrchen saßen vor meinem Körbchen und sagten „Frohe Weihnachten ihr beiden Rabauken."

13 GESCHENKE

Hallo, hier ist euer Teddy aus dem Land hinter dem Regenbogen.

Heute sitzen wir Katers beisammen und erzählen uns von unseren Jagdabenteuern. Jeder hat etwas beizutragen, aber Kalli hat eine besonders schöne Jagdgeschichte zu berichten:

„Frauchen hat sich immer so gefreut, wenn ich ihr etwas von meinen Ausflügen mitgebracht habe. Jedesmal habe ich ein tolles Leckerlie zur Belohnung bekommen. Nun will ich ihr doch etwas ganz besonderes mitbringen! Ich suche schon den ganzen Tag, aber ich will keine grauen Flitzies und keine blöden Flatterer. Die bekommt sie ja immer!

Ich bin noch am überlegen, da flitzt etwas über die Straße, das habe ic h ja hier noch überhaupt nicht gesehen! Das hat lustig ausgesehen! Das war ein hübsches großes Flitzie mit einem ganz langen und dicken, buschigen Schwanz, so ähnlich wie meiner! Nicht so langweilig wie bei den grauen Flitzies. Und es hat die Farbe wie Frauchens Fell auf dem Kopf! Das lustige Flitzie würde sie bestimmt freuen!

Hinterher! Wo ist es denn? Ups, ist das schnell! Das macht Spaß!

Ah, da hinten hopst es auf so ein großes Ding, das Frauchen „Baum“ nennt. Aber es kommt immer wieder runter und sucht anscheinend irgendwas. Da liegen lauter so lustige kleine Kugeln mit einem Hütchen oben drauf auf dem Boden, die will das Baumflitzie wohl haben.

Na, da warte ich mal ab und lege mich auf die Lauer, es ist ja noch früh und Frauchen kommt erst wenn das warme Licht verschwindet, in die Höhle zurück.

Da ist es wieder am Boden, gerade will es so eine komische Hütchenkugel nehmen, da bin ich auch schon da und schnappe mir das Baumflitzie.

Aber - das ist ja langweilig! Das Tierchen wehrt sich überhaupt nicht! Es ist sofort kaputt! Och nee, ich wollte doch noch etwas mit ihm spielen!

Na ja, egal, ich bringe es Frauchen, die freut sich sicher über das schöne Geschenk! Also ab in die Höhle. Unterwegs begegne ich den beiden Kleinen und die finden mein Geschenk auch schön und kommen mit in die Höhle.

Unten angekommen deponiere ich mein Geschenk in meinem Versteck, das hole ich dann später wieder raus! Aber – was ist denn das? Kaum habe ich das Baumflitzie hingelegt, macht es seinem Namen alle Ehre! Es flitzt los!

Aber es kennt sich hier nicht aus! Wir schon – und wir sind ein Kater und zwei Katzenmädels. Und wir jagen es! Juchhuu, endlich mal was los in der Höhle.

Das Tierchen rast in die Höhle, in der unsere Fresschenbar steht. Da will es an unsere Bar! Ha! Nee, nee, wir drei auf das Baumflitzie und – Peng! - das Fresschen fliegt mitsamt den Näpfchen durch die Luft. Dann rennt das Flitzie auf die Platte, die heiß wird wenn Frauchen an den Knöpfchen dreht und hüpft auf den kleinen Kasten, der morgens immer heisse Scheibchen für Frauchen ausspuckt und dabei schlimm knallt! Den kann ich gar nicht leiden! Es hüpft auf diesen Kasten und ich hinterher. Oha, das Ding ist ja gar nicht so schwer, wie ich dachte. Mit lautem Geschepper fliegt es in das Loch, in dem Frauchen immer ihre Fresschenschalen saubermacht.

Da höre ich, wie die kleine Bunte draußen Radau macht. Flitzie ist in der Eingangshöhle. In den lustigen Pfotenschonern von Frauchen. Das kann die kleine Bunte gar nicht leiden, das sind Ihre, da schläft sie drauf! Im Vorbeirennen werfen die Beiden alle Pforenschoner runter, aber Flitzie rennt weiter! Es kann sogar an der Wand entlang rennen! Und dann macht es richtig „Peng", da war das Ding, auf dem der Sprechknochen von Frauchen steht, durch die Gegend geflogen. Hups, der Sprechknochen fliegt bis in die Nassmachhöhle…

Es rennt in die Wohnhöhle! Auf den schönen Sitzkasten von Frauchen. Wir hinter her. Das Flitzie versucht, sich hinter den weichen Ballen zu verstecken, aber wir sehen es und werfen alle Ballen runter.

So langsam bewundere ich das kleine Baumtierchen. Es ist schnell und offenbar auch schlau! Aber ich will das umso mehr für Frauchen haben!

Jetzt ist Flitzie auf dem Kasten, auf dem Frauchen ganz viele bunte Sachen stehen hat und die vielen dicken Dinger stehen, in denen Frauchen abends oft herumbättert. Frauchen nennt sie „Bücher". Flitzie rast dahinter und ich versuche, es mit der Pfote da herauszuholen. Leider fallen dabei die ganzen Dinger von dem Kasten. Es rummst ganz schön und wir erschrecken uns und rasen aus der Wohnhöhle.

Die Zeit nutzt das Baumflitzie. Es hüpft auf den langen Stock, an dem die Lappen vor der durchsichtigen Wand hängen. OK, dann klettern wir da hoch, weiter geht es nicht für Dich, Flitzie!

Da höre ich, wie Frauchen heimkommt. Und ich habe noch kein Geschenk! Aber ich bin auch ganz müde! Und den beiden Kleinen fallen auch gleich die Augen zu.

Soll sich Frauchen doch ihr Geschenk selber fangen, ich verkrümel mich in die Schlafhöhle. Die beiden Kleinen legen sich sofort zu mir.

Aber ich höre beim Dösen, dass sich Frauchen wohl nicht so freut. Sie spricht über „Verwüstung“ und als sie das Flitzie sieht, sagt sie „Du armes Echhörnchen, was haben die drei mit dir gemacht? Dann macht sie die durchsichtige Wand auf und lässt es raus! Aber es ist doch Dein Geschenk Frauchen! Das fange ich wieder ein und bringe es Dir!“

Wir haben alle sehr gelacht und freuen uns auf die nächsten Geschichten.

Jetzt machen wir noch etwas Kater Yoga und schlafen dann.

Bis bald, euer Teddy

14 HEXE'S EINZUG

Hallo, hier ist euer Teddy und ich möchte euch heute unsere Seniorin, Hexe, vorstellen.

Hexe ist die Chefin unseres Rudels und war 26 Jahre die Begleiterin unseres Frauchens. Sie kam schon als Baby zu Frauchen und hat viele verschiedene Wohnhöhlen, einige Herrchen und ganz viele Abenteuer mit Frauchen erlebt. .Die vielen Abenteuer hat Frauchen in ihr schwarzes Brettchen gehämmert und sie „Buch“ genannt.

Wenn wir zusammensitzen, erzählt Hexe gerne einige ihrer Geschichten. Mal sind sie traurig, mal sind sie lustig. Aber am liebsten erzählt sie die Geschichte, als sie zu Frauchen kam...:

„Ich sehe noch nicht richtig, alles ist verschwommen. Mama hat mich und meine fünf Geschwister in einen großen Raum mit vielen dicken bunten Tieren gebracht. Ich habe Angst vor den großen Tieren. Meine Geschwister sind um mich herum und ich fühle mich einigermaßen sicher. Mutti schleckt uns ab und wir haben lecker zu essen. Warm ist es auch. Die Dicken tun uns nichts, scheint alles in Ordnung zu sein. Nun wird es laut. Es kommen zwei zweibeinige Tiere herein, die uns entdeckt haben. Sie geben komische Laute von sich, und wollen uns unbedingt hochheben. Ich habe Angst. Ich sehe Mama aus unvorstellbarer Höhe. Sie ist so klein von hier und so weit weg. Die Zweibeiner scheinen aber lieb zu sein. Sie bringen Mama und uns in eine gemütliche große Schachtel, in der wir es warm und weich haben und die dicken Füße der bunten Tiere nicht mehr um uns herum sind.

Es ist schön in unserem kleinen Zuhause. Mamas Nuckelies sind immer voll und ich bin immer satt. Wenn ich Pipi oder Kacka muss, macht Mama mich sauber. Meine Brüder und Schwestern sind ganz ok. Spielkameraden, aber leider viel zu brav. Die schmeißen sich immer auf den Rücken, wenn ich spielen will. Langweilig! Aber ich habe eine Lücke in der Schachtel entdeckt...mal schauen, was es da draußen so gibt! Uiiii, alles hell, komische Gerüche, aber total spannend. Große, komische Dingsdas, die mich anbrüllen und einfach auf riesengroßen Rollen herumfahren. Aber ich bin schneller! Ich habe ein Spielparadies gefunden. Und dann sind da auch noch diese kleinen Flitzetiere, grau und mit langen Schwänzen...die Zweibeiner freuen sich unheimlich, wenn ich so ein Tierchen erlegt habe. Pfft, was ist denn schon dabei? Na ja, ich bekomme jedes Mal ein Leckerli, wenn ich so ein Flitzetier erlegt habe, dann tu ich denen doch den Gefallen.

Heute war eine neue Zweibeinerin da. Hat sich meine Geschwister angeschaut. Ich hab mich verkrümelt. Hab ein komisches Gefühl.-..da entdeckt sie mich. Die Großzweibeiner reden in dieser komischen Sprache mit ihr, ziehen sie immer wieder zu meinen Geschwistern. Aber die Zweibeinerin kommt wieder zu mir. Ich muss zugeben, sie redet in ihrer Sprache, die ich nicht verstehe, sehr lieb mit mir. Ich gehe zu ihr und sie fasst mich komischerweise nicht an. Die mag mich wohl nicht?! Der werde ich es zeigen! Ich krabbele auf ihren Schoß. Nix! Ich knabbere an ihren Fingern...endlich knuddelt sie ganz leicht meinen Nacken. Ha, ich hab gewonnen!

Sie ist weg. Sie ist weg! Ich such diese komische Zweibeinerin. Ich rufe sie, aber sie kommt nicht. Die Dosenöffner sind da, aber die Zweibeinerin mit der schönen Stimme ist nicht dabei. Ich bin traurig und nicht mal meine Geschwisterchen können mich aufmuntern.

Einige Futternäpfe später höre ich die schöne Stimme wieder. Sie ruft komische Töne. Exe? Hxe? So langsam kapier ich, sie meint mich. Diese Zweibeiner meinen, wir müssen einen „Namen" haben. OK, sie nennt mich Hexe. Irgendwie gefällt mir das und ich gehe zu ihr. Sie freut sich so sehr und knuddelt mich. Aber was passiert nun?? Die – bis jetzt sehr liebe - Zweibeinerin packt mich im Genick und steckt mich in einen komisch riechenden Kasten mit merkwürdigen Streifen vor der Tür, durch die ich nicht durch kann. Dann geht es in einen neuen Kasten mit zwei Ohren an den Seiten der brummt und sich bewegt. Ich hab Angst und ruf nach meiner Mama. Aber es wackelt und brummt. Plötzlich ist es still. Aber nicht lange und es wackelt wieder. Die Zweibeinerin trägt den Kasten in dem ich sitze weg aus dem Brumdings. Sie redet mit mir, aber ich kann sie nicht verstehen. Nun ist es plötzlich ruhig, die komischen Streifen sind offen und ich kann aus dem Kasten raus. Es schnuppert fremd. Ich habe ganz viel Angst und rufe ganz laut nach Mama und meinen Geschwistern, aber die sind nicht da.

Es riecht hier komisch. Gar nicht mehr nach den bunten Tieren, sondern irgendwie „sauber". Ich verkrümle mich erst mal unter ein großes Teil, was auf dem Boden steht und auf dem die Zweibeinerin mit der schönen Stimme sitzt. Sie redet mit mir ganz ruhig und ist dann still. Ich höre sie weggehen. Hm, irgendwie möchte ich ja schon wissen, was sie macht...ich will gerade nachschauen, da höre ich eine dunkle andere Stimme. Die beiden unterhalten sich, scheinen sich gut zu verstehen. Da schau ich doch mal nach! Ein neuer Zweibeiner ist da. Er beachtet mich überhaupt nicht, redet nur mit der eigentlich lieben Zweibeinerin. Gut, dann schau ich mich erst mal um. Ich mache mich ganz platt und schleiche durch die Gegend. Hm, interessant, die schönen Kratzewände rundum sind zum Klettern geeignet (Anm. der Dosenöffnerin: es waren Textiltapeten...) und dann hängen da auch so schöne Fäden vor den Lichtluken, da kann man bestimmt auch prima dran klettern. Aber wo sind meine Geschwister? Ich vermiss die schon, muss mal nach denen rufen. Üps, keine Geschwister, aber die nette Stimme meldet sich und hat ein Leckerli. Aha! Rufen = Leckerli! Nun werde ich mir erst mal die Wand vornehmen. Klasse, man kann bis zur Decke hochklettern. Da lerne ich doch gleich was Neues: „Hexe, Nein!" Na ja, tu ich ihr mal den Gefallen, gibt ja genug Interessantes zu entdecken. Die komischen Fäden an den Lichtluken kann man prima verknödeln. Aber der Boden ist sauglatt. Wenn ich herum wetze kann ich nicht bremsen und knalle mehrmals an die Wand. Frauchen und Herrchen – so heissen die beiden, das habe ich schon gelernt – machen dann immer solche Glucksgeräusche. Am Anfang bin ich darüber erschrocken, aber jetzt weiss ich, dass die Zweibeiner so ihre Freude ausdrücken. Na ja, die haben ja auch kein Schwänzchen, das sich in die Luft strecken können wenn sie sich freuen!

Der neue Zweibeiner scheint hier irgendwie herzugehören. Er ist auch ganz lieb. Legt sich abends lang und ich leg mich zu ihm. Scheint ihn zu freuen, er krault mich dann auch ganz lieb. Aber wenn Frauchen kommt, dann liege ich immer bei ihr.

Von Anfang an habe ich gewusst, dass uns etwas ganz Besonderes verbindet!"

Wir hören unserer Hexe immer sehr gerne zu, sie hat aus ihrem langen Leben ja auch viel zu berichten. Das war in diesem langen Leben so viel, dass Frauchen darüber ein Buch geschrieben hat. Aber auch wir anderen erzählen gerne die schönen Geschichten, die wir bei Frauchen erlebt haben. Wir haben ja noch viel Zeit bis wir Frauchen hier begrüßen dürfen und dann wieder gemeinsame Abenteuer erleben werden.

15 OBST...

Hallo, hier ist euer Teddy-Kater-Kater aus dem schönen Land hinter dem Regenbogen...

Meine Kumpels Kalli, Hanibal und ich waren wieder einmal auf Erkundungstour über unsere schöne Wiese.

Wie ich schon oft beschrieben habe, leben wir hier auf einer wunderschönen Wiese mit vielen bunten Blümis. Aber darauf stehen auch große Bäume, unter deren großen Blätterdächern wir uns gerne ausruhen und dösen.

Aber es gibt hier nicht nur die „Schattenspender", sondern auch die Bäume die leckere Früchte tragen. Doch Früchte interessieren uns gestandene Kater nicht. Da sollen sich die Hoppel-Hasen und die Flatter-Vögel dran erfreuen.

Nun kamen wir auf unserer Erkundungstour an einen Baum, unter dem ganz viele Früchte lagen. Die rochen sehr lecker, und wir hatten doch etwas Durst. So naschte Hanibal als erster von so einer Frucht und sagte uns, das die Dinger verdammt lecker seien und er plötzlich gar keinen Durst mehr hatte.

So machten auch Kalli und ich uns über die leckeren Früchte her. Sie waren sehr saftig und süß und irgendwie waren wir alle mit einem Mal so .... lustig.

Wir aßen ganz viele von den leckeren Früchten und plötzlich stand Hexe mal zwei vor mir. Ich wusste gar nicht, dass unsere Omi-Hexe noch eine Zwillingsschwester hatte! Und die sprachen auch noch gleichzeitig mit mir. Was heißt sprachen? Nein die beiden schimpften synchron mit uns.

Das war uns aber egal, die Wiese war plötzlich noch viel bunter als sonst und wie wälzten uns in dem schönen Kitzelgras und knabberten an den bunten Blümis. Ich fand den großen Baum, an dem die leckeren Früchte hingen, ganz toll und krabbelte an dem Stamm hoch. Die beiden Hexen schimpften weiter, weil wir mit unseren Krallen die Bäume auf unserer Wiese nicht verletzen dürfen.

So dauerte es auch nicht lange, bis sich der Baum kurz schüttelte und ich rückwärts in das Gras fiel. Das fand ich aber auch sehr lustig und die beiden anderen konnten sich gar nicht mehr einkriegen vor Lachen.

Die beiden Hexen schüttelten nur ihre Köpfe, drehten sich um und gingen weg. Komisch, je weiter die beiden gingen, umso mehr verschmolzen die Beiden zu einer Hexe. Aber das war mir für den Moment egal!

So tollten wir weiter über die Wiese und begegneten einer Gruppe Flatterer, die sich im Gras ausruhten. Früher hätte ich mir sofort eines gefangen. Aber das durften wir ja hier nicht mehr. Aber so ein ganz klein wenig ärgern war bestimmt erlaubt...

So gingen wir drei in Lauerstellung und schossen, äh, na ja, es war eher ein Schlingern..., los. Die Flatterer hatten sofort gemerkt, was wir vorhatten und flatterten in die Luft.

Aber sie kamen zurück, und was dann passierte, war gar nicht lustig! Sie bewarfen uns mit ihrem ekligen klebrigen Kacka! Das war richtig wääcks!

So zogen wir uns unter den Baum zurück und fingen an, uns diese eklige Kacka abzuputzen. Dabei wurden wir ganz müde und schliefen einfach ein.

Als wir aufwachten hatten wir etwas im Kopf, was fürchterlich hämmerte. Jede Kopfbewegung tat uns weh. Was war denn passiert? Und irgendwie drehte sich die Wiese um uns herum.

Wir beschlossen, noch etwas hier zu bleiben und dann zu unserer Gruppe zurückzugehen. Und wir schworen uns, den anderen nix zu verraten und als stolze Kater zurückzukommen.

Aber da hatten wir die Rechnung ohne Hexe – die jetzt wieder alleine war – gemacht. Sie begrüßte uns schon von Weitem mit den Worten: „Na ihr Saufnasen, habt ihr einen schönen Kater?" Hatten wir einen Kater? Nee, wir hatten nur uns! Da kam auch noch der große Poco zu uns und ließ ein durchdringendes „Wiiiieeehiiiiehieee" über uns erschallen, was fast zum Kopfkollaps geführt hätte!

Aber dann erzählte Kalli, dass Frauchen, wenn Herrchen zu viel an den Bitterflaschen gesaugt hatte, auch immer behauptet hatte, dass er einen Kater hätte. Und Kalli hat dann den fremden Kater in der ganzen Höhle gesucht um ihn zu vertreiben. Aber Frauchen hat dem Herrchen dann immer nur eine runde Scheibe in ein Glas gegeben, was unheimlich gesprudelt hat und hat behauptet, das sei gegen Kater!

Wir drei haben uns dann abseits der Gruppe zurückgezogen und geschlafen. Am nächsten Tag war die Welt wieder in Ordnung und wir beschlossen, dass Obst nichts für Kater ist!

Obst macht Aua!

16 DIE PUTE

Hallo, hier ist euer Teddy aus dem schönen Land hinter dem Regenbogen.

Wieder einmal sitzen wir gemütlich in unserer Runde zusammen und erzählen uns unsere Abenteuer bei unserem Frauchen. Und wieder einmal erzählt Hexe eine Geschichte aus der Zeit, die die Zweibeiner „Weihnachtszeit" nennen. Das ist eine lustige Zeit, da passiert ganz viel...

Aber jetzt Hexe:

„Es fielen wieder einmal die weißen Sternchen vom Himmel und Frauchen brachte wie jedes Jahr zu dieser Zeit einen schönen Kletterbaum mit nach Hause, an den sie ganz viele Spielzeuge für mich befestigte. Ich holte mir gleich mal so eine bunte Kugel runter und fing an zu spielen. Frauchen meckerte wieder rum, aber sie hängt die bunten Kugeln ja schließlich für mich auf!

Gestern hatte sie einen großen nackten Vogel mitgebracht und erzählte mir, dass es den morgen an „Heiligabend" zum Essen gäbe. Und das es an dem Abend auch wieder Geschenke gibt. Aha, der Vogel war für mich! Lecker!

Frauchen ging dann mal aus der Küche hinaus in das Zimmer in dem sie sich immer nass macht und ich fragte mich derweil, was dieses „Heiligabend" eigentlich sein soll. Da ich das nicht wusste, beschloss ich, das JETZT „Heiligabend“ sei. Gut, dann durfte ich auch mein Geschenk haben!

Ich sprang auf das glänzende Dings, in dem Frauchen normalerweise ihre Fressnäpfe abwäscht. Da wohnte der Vogel auf einer großen Fresschenschale. Ups, war das ein Monstergeschenk! Der war noch größer als ich! Wie würde ich den denn nur klein bekommen? Egal, der musste erst mal da herunter und dann würde ich mir ein stilles Örtchen suchen, wo ich mich in Ruhe um ihn kümmern konnte. Also zerrte und zog ich an ihm herum und endlich hatte ich ihn auf dem Boden. Nun packte ich ihn am Bein – ahh, das schmeckte schon mal lecker – und zog ihn unter den schönen Waldbewohner mit den bunten Kugeln, dabei klingelte es schön und der grüne Freund wackelte heftig. Weil der Kerl immer so spitze grüne Dinger auf den Boden warf, lag darunter ein großes Tuch. Dort legte ich den Monstervogel drauf und nagte erst mal an dem Bein herum. Hm, ziemlich groß! Vielleicht sollte ich einmal einen Flügel versuchen? Ja, das passte schon besser. Aber irgendetwas roch da sehr lecker! Ui, da hinten war ja ein großes Loch in dem Vogel! Dort fasste ich mal rein. Mit der Krallenspitze fühlte ich so etwas wie einen Beutel oder so, der roch ganz fein und sehr verführerisch. Ich steckte abwechselnd die linke und die rechte Pfote hinein. Mist, ich kam nicht richtig dran. Dann kam mir der geniale Gedanke: Ich steck einfach mal den Kopf da hinein! Ich wollte diesen Beutel, da war Lecker drin und mit der Zunge kam ich auch schon dran! Ich hörte, wie die Tür aufging und Frauchen hereinkam. Sie ging in die Küche und fragte laut „wo ist die Pute für morgen Abend?“. Dann kam nur ein Schrei: „Heeeeeexe“. Mist, da hatte ich wohl zu früh mein Geschenk genommen!

Ich wollte abhauen, aber ich bekam meinen Kopf nicht aus dem Hintern von dem blöden Vogel .

Nun versuchte ich rückwärts unter dem Baum raus zu kommen, aber ich konnte nichts sehen. Das Vieh hing verdammt schwer an meinem Kopf und ich kam nicht weg. Irgendetwas zog dann auch noch an meinem Bein: Ich hatte mich in einer Schnur verfangen. Da hörte ich wieder Frauchen „neiiiiiin, der Weihnachtsbaum". Sie fing den Baum gerade noch auf und dann zog sie mich aus dem blöden Vogel raus. Wie peinlich! Ich verzog mich, das Geschenk konnte Frauchen behalten! Außerdem schien sie ziemlich sauer zu sein! Sie kam mir nicht nach, das war kein gutes Zeichen! Ich ging mal vorsichtig zurück ins Wohnzimmer. Da lag sie auf der Couch und gab diese Geräusche von sich, die Zweibeiner „Lachen" nennen. Nee, eigentlich brüllte sie und Wasser lief ihr aus den Augen.

Frauchen hatte sich nun den kleinen schwarzen Knochen genommen und sagte zu ihm, dass es in diesem Jahr zu Heiligabend Frikadellen gäbe. Komisch, dass sie zu dem Knochen „Mutti" sagte..."

Das war wieder eine lustige Geschichte von Hexe, aber wir anderen haben auch noch viel aus der Weihnachtszeit zu berichten...

17 ADVENT, ADVENT, DER KATER BRENNT

Hallo, hier ist wieder euer Teddy aus dem schönen Land hinter dem Regenbogen.

Nachdem sonst immer unsere Hexe uns Geschichten erzählt, hat sich heute der schöne aber sehr schüchterne Meikel getraut, das Wort zu ergreifen und eine Geschichte zu erzählen.

Meikel ist ein wunderschöner Norweger und der Papa von Hexens Kindern. Er wurde als Baby zusammen mit seinen beiden Geschwistern in einen Sack gesteckt und in den Rhein geschmissen. Aber es waren aufmerksame Zweibeiner in der Nähe und die zogen den Sack aus dem Wasser.

Leider waren die beiden Geschwisterchen von Meikel schon tot und auch er war mehr tot als lebendig. Die Zweibeiner brachten das winzige, nasse und hustende Fellbündelchen ins Tierheim, und dort fand ihn Frauchen.

Aus dem hustenden dünnen Winzling wurde ein wunderschöner, riesiger Norwegerkater mit einem herrlichen Kragen, Puschelohren und einem unglaublich schönen Schweif.

Und der wäre ihm fast zum Verhängnis geworden...:

Meikel erzählt euch jetzt sein Abenteuer:

„Es war die Zeit, in der Frauchen jedes Jahr dem Glitzerwahn verfiel! Auch in diesem Jahr glitzerte und blinkte es in allen Ecken der Wohnung. Aber das kannten wir ja schon und so ließen wir den ganzen Glitzerkram meistens in Ruhe. Nun ja, die eine oder andere Kugel oder das eine oder andere Glitzerding musste schon dran glauben...

Auf dem Tisch in der Wohnhöhle lag wie in jedem Jahr ein Kringel, der nach Waldbewohnern roch und mit allerlei Kugeln und Zeugs belegt war. Und es waren Stummel darauf, die Frauchen abends, wenn sie es sich auf ihrem Kissenkasten bequem machte, mit langen explodierenden Stinkestäbchen hell machte. Die Stummel flackerten lustig, aber da durften wir nicht dran, da passte Frauchen immer sehr auf!

An diesem Abend flackerten zwei der Stummel lustig vor sich hin und Hexe und ich lagen in unserer Ecke auf dem Kissenkasten. Frauchen krabbelte aus ihrem Überwurffell heraus, und ging in die Fresschenhöhle um sich ein Glas von dem Zeug zu holen, das sie Abends gerne einmal trank. Zweibeiner sind ja zu dumm, um aus einem Steinchen zu trinken, deshalb brauchen sie diese durchsichtigen Kübel, die auf einem langen Stiel wohnen! Na ja egal.

Die beiden Stummel pustete sie – bevor sie in die Fresschenhöhle ging – aus. Aber der eine Stumpen gehorchte nicht und fing wieder an zu flackern. Aber das bemerkte Frauchen nicht.

Auf dem Tisch hatte Frauchen ihr leckeres belegtes Scheibchen, was sie Käsebrot nannte, vergessen. Ich hatte noch etwas Hunger und obwohl ich wusste, dass ich das überhaupt gar nie nicht durfte, schaute ich mich um und weil Frauchen nicht zu sehen war, krabbelte ich auf den Tisch und griff mit der Tatze nach dem

Scheibchen. Da wurde es mir plötzlich ganz warm an meinem Hinterteil. Was heißt warm – es wurde furchtbar heiß!

Ich drehte mich herum und sah, dass mein Schweif genauso flackerte wie der Stummel! Und es tat weh! Sehr weh!

In diesem Moment kam Frauchen aus der Fresschenhöhle und – Schwupps! - schüttete sie mir den Inhalt ihres Stielkübels gegen den Hintern! Das Flackern hörte sofort auf und es tat auch nicht mehr weh.

Aber es stank sauer! Und ich wollte mich so schnell wie möglich von diesem Gestank befreien! So fing ich sofort an, mich zu putzen. Und es schmeckte ganz schlimm. Zumindest am Anfang...

Aber mit der Zeit war der Geschmack gar nicht mehr so schlimm, im Gegenteil, mir wurde wohlig warm. Mir war ein wenig schwummrig im Kopf und ich fühlte mich plötzlich ziemlich müde. Irgendwann musste ich beim Putzen wohl einfach eingeschlafen sein...

Als ich wach wurde, sprach mein Frauchen wieder einmal mit dem schwarzen Kästchen, das anscheinend Mama hieß und erzählte ihm, dass mein Schweif gebrannt habe und dass sie mich mit einem Glas Weisswein gelöscht habe. Sie meinte, dass es wohl gut sei, dass sie keinen Schnaps trinkt, weil ich sonst wohl explodiert sei!

Explodieren scheint etwas Lustiges zu sein, Frauchen hat – als sie das dem Mama-Kästchen erzählt hat – ganz laute Freugeräusche gemacht!

Aber mein wunderschöner Schweif war nur noch ein dünnes Stacheldings und ich mag seitdem kein Käsebrot mehr!!"

18 WEIHNACHTSFLATTERER

Hallo, hier ist euer Teddy aus dem schönen Land hinter dem Regenbogen.

Wir sitzen immer noch zusammen und erzählen uns Geschichten aus der Weihnachtszeit

Nun ist unser Kalli mit seinem Erlebnis dran:

„Frauchen war schon den ganzen Tag daran, viele Sachen in buntes Papier einzuwickeln und bunte Bändchen darum zu wickeln. Dazu sang sie vor sich hin – na ja, so klingen wir, wenn wir uns mit anderen Katzen hauen – und erzählte mir etwas von Geschenken. Aha, Geschenke kannte ich, das sind die Sachen, die ich Frauchen immer von meinen Streifzügen mitbrachte und für die ich dann immer als Belohnung Leckerlies bekam!

So beschloß ich, Frauchen heute auch ein Geschenk zu bringen.

Stöckchen und Zapfelies hatte ich ihr in letzter Zeit viele mitgebracht und ich habe ihr auch immer ein schönes Lied gesungen, wenn ich ein Stöckchen gebracht habe. Aber heute sollte es etwas Besonderes sein.

Leider waren bei dem blöden Wetter nicht mehr so viele Flatterer unterwegs, aber die letzten Tage war immer einer auf der Kitzelwiese.

Als ich aus der Wohnhöhle nach draußen ging, hörte ich den Flatterer schon. Ganz leise schlich ich um die Ecke und da saß er in dem Stöckchenbusch, in dem ich immer die Stöckchen für Frauchen holte. Jetzt musste ich mich nur noch ganz langsam heranpirschen. Der Flatterer war dumm, er hopste auf die Kitzelwiese. Noch zwei Schritte und dann nur noch ein Hüpf. Und schon hatte ich ihn!

Ganz schnell die Kehle zudrücken und schon bewegte er sich nicht mehr. Na ja, es reizte mich ja schon, den aufzuessen. Aber heute sollte Frauchen ja auch etwas Schönes und Leckeres bekommen!

Also zurück in die Höhle und dabei sang ich wieder ein schönes Lied für Frauchen. Sie kam auch direkt an und sagte zu mir „ach mein kleiner Prinz, hast Du mir ein schönes Stöckchen gebracht". Dann sah sie mich mit meinem schönen Geschenk und war plötzlich ganz still. Ganz stolz legte ich meine Beute an ihre Pfoten und ging zu meinem Steinchen, nun bekomme ich bestimmt – wie immer, wenn ich ihr ein Geschenk bringe – ein Leckerlie und werde ganz doll gekrabbelt. Es dauerte einen Moment, aber dann kamFrauchen und schmuste mich. Dabei sagt sie so etwas wie „der arme Vogel…!" Egal, ich aß mein Leckerlie und legte mich dann auf den schönen warmen Boden unserer Höhle, das war schon ziemlich anstrengend für mich, jetzt musste ich erstmal schlafen!

Ich wachte auf, weil mir ein ganz leckerer Geruch in die Nase stieg. Es rioch – nach gebratenem Flatterer! Frauchen hatte mein Geschenk also so gut gefallen, dass sie ihn wohl sofort von seinem Federkleid befreit und in den Bruzzelkasten gesteckt hatte. Das war schön. Jetzt hatet sie gerade die Platte vor dem Bruzzelkasten aufgemacht und goß Wasser auf den drauf. Musste ich doch gleich mal nachschauen!

Ui, war der gewachsen! Das war ja ein Monster geworden. Jetzt goß sie wieder Wasser auf den Flatterer drauf! Aha! Wenn man Wasser auf die Flatterer drauf gießt, wachsen die! Das musste ich mir merken. Toller Trick!

Wenn der Flatterer jetzt so groß geworden ist, bekomme ich bestimmt auch etwas ab!

Jetzt musste ich erst einmal weiterschlafen. Frauchen würde mich schon wecken, wenn der Flatterer fertig wäre

Ich wurde unsanft wach, als die Eingangsplatte schrie Aber da hörte ich schon die Stimmen von dem alten Frauchen und dem lieben runden Brüderchen von Frauchen.

Sie setzten sich an die große Platte in der Fresschenhöhle und Frauchen holte den Flatterer aus dem Bruzzler. Ach war der schön geworden! Riesengroß und der roch so gut. Das hatte ich gut gemacht! Da hatte ich einen tollen Flatterer gefangen!

Aber es gibt eine große Gefahr für mich! Das runde Brüderchen von Frauchen hatte immer ganz viel Hunger. Hoffentlich bekäme ich da noch etwas ab! Aber Frauchen hatte schon ein kleines Steinchen neben ihres gestellt und da machte sie ein schönes Stück von dem Flatterer – den Oma Frauchen „Pute" nennt - drauf und schnitt es klein. Das war sicher für mich!

Und da stellte sie das Steinchen auch schon zu mir. Hm, ganz lecker, ich aß alles auf und lege mich dann zufrieden auf meinen warmen Boden.

Das mit dem Wasser musste ich mir merken, wenn ich den nächsten Flatterer fange, lege ich ihn in die durchsichtige Waschhöhle und warte, bis Frauchen den Regen anmacht. Dann wird er ganz groß!"

Wir lachen alle über die schöne Geschichte und erinnern uns an die schöne Weihnachtszeit mit Frauchen und an die Erlebnisse in dieser besonderen Zeit. Jeder von uns will noch eine Geschichte erzählen und es wird sicher ein langer Abend....

Bis bald, euer Teddy

19 DER BESONDERE ABEND

Hallo, hier ist euer Teddy am Abend vor dem Heiligen Abend aus dem Regenbogenland.

Auch hier ist das ein ganz besonderer Tag.

Das ganze Jahr haben wir es hier immer wunderschön. Wir haben keinen Hunger und keinen Durst, keine Schmerzen keinen Kummer. Wir müssen nicht frieren. Wir sind nicht alleine. Die Blumenwiese lädt ein zum Spielen und herumtollen.

Aber am Tag vor dem heiligen Abend liegt überall eine erwartungsvolle Stille in der Luft. Die Vögel scheinen leiser zu singen. Der Wind rauscht sanfter durch die Blätter und über die Blumen.

Hier wird es eigentlich niemals richtig dunkel. Aber an diesem besonderen Tag senkt sich plötzlich die Dunkelheit über die Wiese und es wird absolut still.

Dann sehen wir den Regenbogen. Er strahlt an diesem Abend heller und bunter als an irgendeinem anderen Tag. Und mitten auf der Wiese steht der prächtigste Weihnachtsbaum den man sich vorstellen kann. Mit tausenden und abertausenden goldenen Sternen und blinkenden Lichtern geschmückt.

Wir versammeln uns alle um diesen wundervollen Baum und dann fallen plötzlich unglaublich viele kleine goldene Sterne vom Himmel. Jeder auf der Wiese bekommt seinen eigenen kleinen goldenen Stern.

Mit jedem dieser kleinen Sterne dürfen wir eine Nachricht an unsere Herrchen und Frauchen auf der Erde schicken. Jeder dieser kleinen Sterne ist ein Beweis unserer Liebe und der frohen Erwartung auf ein Wiedersehen.

Die Waisenkinder, die von den Gruppen adoptiert wurden, dürfen ihren Herzenswunsch an das Adoptivherrchen oder -frauchen schreiben. Bunti zeigt mir ihren Stern, darauf hat sie geschrieben: „Ich möchte so gerne geliebt werden.“. Diesen Wunsch wird ihr unser Frauchen sehr sicher gerne erfüllen.

Aber wie kommen die Wunschsterne zu unseren Lieben auf der Erde? Wenn es schneit, ist jede Schneeflocke, die auf die Erde schwebt ein winziger Wunschstern. Wenn es regnet, ist jeder Regentropfen ein kleiner Wunschstern. Die Wunschsterne können genauso auch als Traum zu euch kommen. Dann werden sie von euren Seelenkatzen zu euch gebracht.

So ist es bei uns. Hexe und ich waren auf der Erde die Seelenkatzen unseres Frauchens. Wir dürfen in der heiligen Nacht gemeinsam mit allen Wunschsternen der gesamten Frauchengruppe zu ihr auf die Erde. Es ist die einzige Nacht, in der wir gemeinsam unser Frauchen besuchen dürfen.

Dann werden wir uns auf unser Kissen neben Frauchen legen und alle Wunschsterne auf sie herabregnen lassen. Das war schon im vergangenen Jahr so und Frauchen hat das im Schlaf gemerkt. Sie hat gelächelt und es ist Wasser aus ihren Augen gelaufen.

Liebe Frauchen und Herrchen dort unten, wir wissen, dass ihr gerade an diesem besonderen Tag im Jahr an uns denkt und oft traurig seid. Das sollt ihr nicht! Wenn es regnet oder schneit, geht vor die Tür und lasst die Tropfen oder Flocken euer Gesicht küssen. Es sind die Sterne, die von uns kommen und die euch unsere Liebe bringen. Wenn ihr in der heiligen Nacht zu Bett geht, schließt die Augen und denkt an uns. Ihr werdet spüren, dass wir ganz nah sind.

Wir werden uns eines Tages wiedersehen, aber bis dahin könnt ihr noch dazu beitragen, dass es nicht so viele Waisenkinder mit Fell auf eurer Erde gibt. Ihr müsst keine Angst haben, dass ihr uns vergesst wenn ihr euch ein anderes Fellnasenkind oder noch besser eine Fellnasenoma oder -opa holt, ihr helft damit das Leid der Tiere zu vermindern und wir leben ja in eurem Herzen weiter. Ihr werdet sehen, in eurem Herzen gibt es viele kleine Zimmer, in denen noch viele von uns wohnen können.

Das ist mein Wunsch für Weihnachten.

Frohe Weihnachten von eurem Teddy

20 DER HEILIGE ABEND

Hallo ihr lieben Frauchenfreunde, hier ist euer Teddy aus dem schönen Land hinter dem Regenbogen.

Bald ist bei euch da unten wieder die Zeit, in der ihr große und kleine Waldbewohner in eure Höhlen schleppt und ihnen bunte Kugeln und viele Lichter umhängt. Geduldig lassen es die Waldbewohner mit sich machen, werfen höchstens mal die eine oder andere Nadel auf den Fußboden. Es werden überall in den Höhlen flackernde Lichtlein aufgestellt, die aber auch beissen können. Aber dazu nachher mehr.

In dieser Zeit machen die Zweibeiner viele Dinge, die wir Fellnasen nicht verstehen und die manchmal zu merkwürdigen Situationen führen können.

Ihr nennt es „Weihnachtszeit".

Unser Frauchen ist ein richtiger Weihnachtsmensch. Das ganze Jahr hat sie mit Dekogedöns (so nannte sie das immer) überhaupt nichts am Hut, aber in der Zeit vor Weihnachten dreht sie durch! Da wird der größte Waldbewohner angeschleppt, der gerade noch in die Höhle passt und mit Kugeln und Lichtern nur so vollgeballert. Überall stehen diese Lichtlein herum. Auf dem Tisch steht ein runder Waldbewohner mit Lichtlein drauf. In der kleinen Höhle, in der allerlei Kisten und Kasten wohnen, gibt es auch noch zwei große Kisten, die zu dieser Zeit unter ständigem Niesen aus der Ecke gezerrt werden. Und dann taucht Frauchen in die Kisten ab. Und die beiden Mädels und ich haben ihr immer dabei geholfen. Frauchen war da nie so sehr begeistert, besonders wenn ich stattlicher 10 Kilo Kater mit Anlauf in die Kiste gehüpft bin.

Sie hat dann den ganzen Inhalt in der Wohnhöhle ausgebreitet und sortiert und wir haben ihr dabei geholfen und ganz neue Zusammenstellungen gemacht. Wenn sie fertig war, hat die ganze Höhle geglitzert und gefunkelt Und wir mussten bei Schritt und Tritt aufpassen, wo wir hintreten. Plötzlich stand überall Zeugs rum und ab und an fiel halt auch mal was runter.

Aber es war immer eine schöne Zeit, weil Frauchen da auch ganz viel Fresschen gebastelt hat und immer etwas für uns abfiel.

Wir alle, die Frauchenfellnasen, die jetzt hier im Regenbogenland wohnen, erinnern uns an diese Zeit, in der viele schöne und lustige Dinge passiert sind. Jetzt sitzen wir hier zusammen auf der Blumenwiese und erzählen uns gegenseitig die lustigen Sachen, die uns mit Frauchen in der Weihnachtszeit passiert sind.

Jeder von uns hat wenigstens eine lustige Geschichte zum Besten gegeben und wir haben ganz viel gelacht.

Ziemzer und Buffy und die Weihnachtspute, die schwarze Hexe und ihr Schwesterchen Mausi haben Frauchen beim Plätzchenbacken geholfen, Kalli hatte ein besoffenes Schwänzchen, die kleine zierliche Bibi hat mit einem schwarzen Baum gekämpft, ich hatte das erste Weihnachten in einer Familie, Hanibal war das erste Mal im Warmen und wurde nicht weggejagt. Aber den Vogel hat im wahrsten Sinne des Wortes die alte Hexe abgeschossen. Der Kopf im Dunkeln.

Frauchen hat all diese Geschichten in ihr schwarzes Brettchen gehämmert und hat dabei immer gegluckst und von einem „Buch" gesprochen.

Aber eines möchte ich euch von hier noch sagen: Wir leben hier in Frieden zusammen. Warum schafft ihr Zweibeiner das nicht? Ihr sprecht von dem „Fest der Liebe". Das muss etwas Schönes sein. Aber ihr hetzt durch die Gegend. Seid unzufrieden. Streitet. Kauft Geschenke für viel Geld. Beschwert euch über alles. Und dann sitzt ihr vollgefressen unter dem Waldbewohner und reisst Geschenke auf. Sachen, die ihr gar nicht braucht.

Schenkt euch doch einfach einmal Zeit. Zeit mit euren Lieben. So wie wir das hier oben machen. Wir sitzen zusammen und unterhalten uns. Ja, wir warten auf euch und freuen uns, wen wir euch wiedersehen. Aber trotzdem genießen wir unser Dasein hier hinter dem Regenbogen.

Bis wir uns wiedersehen!

Frohe Weihnachten liebes Frauchen und liebe Frauchenfreunde von all Euren Fellnasen.

21 PLÄTZCHEN

Hallo, hier ist euer Teddy aus dem Regenbogenland.

Wir sitzen immer noch hier zusammen und erzählen uns die schönen Geschichten aus der Weihnachtszeit.

Jedes Jahr bastelt ihr Zweibeiner kleine leckere Sachen in euren Bruzzelkästen, die ihr „Plätzchen" nennt und mit denen ihr euch und eure Lieben beschenkt. Das ist für euch etwas ganz besonderes und ihr benutzt allerlei merkwürdige Sachen, um diese „Plätzchen" herzustellen.

Wir, die wir viele Jahre bei unserem Frauchen waren, kennen das schon alles, aber das erste Mal „Plätzchenbacken" - so heißt das bei euch – war für jeden von uns etwas sehr Merkwürdiges!

Stellvertretend für uns alle erzählt heute die kleine Mausi von ihrem ersten „Plätzchenbacken":

„Frauchen schleppt nun schon seit Tagen ganz viele von den lustigen bunten Taschen in unsere Höhle. In einer waren nur komische Päckchen drin, die irgendwie nach gar nichts gerochen haben.

Aber vielleicht ist da ja ein Leckerlie drin, das ich noch nicht kenne. Also mal mit der Pfote angestupst. Passiert nichts! Da habe ich einfach die Kralle rausgemacht und mal ein wenig gekratzt.

Ha, schon ist ein schöner langer Schlitz drin. Ich stehe ziemlich unbequem und hopse mal ganz auf das Päckchen. Huch, was ist denn das? Da kommt ganz viel weißer Staub raus, der kitzelt in der Nase und ich muss ganz arg niesen. Und immer wieder und wieder.

Plötzlich kommt Frauchen, schaut mich an und macht diese Freugeräusche. Sie nennt mich „kleine Schneemaus".

Jetzt muss ich mich erstmal wieder sauber machen! Bäh, das Zeug schmeckt nicht und macht in meinem Mund Klumpen. Ich bekomme ganz viel Durst und muss jetzt zuerst einmal etwas trinken. Aber es klumpt immer weiter. Da kommt Frauchen mit dem Stöckchen, an dem vorne eine kleine Platte mit weichen Streichelmichborsten dran ist. Damit geht sie über mein Fell und ich fange an zu brummen. Das ist schön und ich bin ganz schnell wieder sauber.

Nun geht Frauchen in die Kochhöhle und lädt die ganzen Sachen auf die Platte. Da liegen schon ganz viele Päckchen drauf. Am meisten interessieren mich die schönen glänzenden Päckchen.

Die riechen ganz lecker und ich probiere mal, die glänzende Hülle zu öffnen. Och, geht ja ganz einfach, ich muss nur mal die Krallen in das Päckchen stecken und schon ist meine Tatze ganz lustig schmierig. Und das schmeckt auch ganz lecker als ich meine Tatze sauberschlecke. Jetzt ziehe ich mit der Kralle noch mal an dem Löchlein, das ich in das Päckchen gepiekst habe. Jetzt kommt ein weißer Klumpen zum Vorschein, der glänzt zwar nicht mehr so schön, aber der schmeckt ganz lecker. Ich schlecke ganz vorsichtig an dem Klumpen. Ah, lecker, schnell weiterschlecken bevor Kater kommt und mir das Leckerlie abnimmt.

Doch nun kommt Frauchen. Sie fängt gleich an zu schimpfen und behauptet, ich sei „ein verfressenes Monster“ und ich würde fürchterliche Bauchschmerzen bekommen. Das ist wohl nichts Schönes, sie schubst mich nämlich direkt von der Platte.

Frauchen räumt jetzt einen Platz frei und stellt einen großen hohen Napf darauf. Dann nimmt sie ein komisches Tier aus dem unteren Aufbewahrungskasten. Das hat zwar einen langen Schwanz, aber weder Arme noch Beine, dafür einen dicken fetten Kopf. Nun holt sie aus dem Rausziehkasten zwei Stängelchen mit komischen Füßen dran und steckt sie in das armlose Schwanztier. Aha, das sind die Beine von dem merkwürdigen Tier. Aber es bewegt sich immer noch nicht. Darüber ist Frauchen wohl böse und sie legt es an die Seite.

Jetzt nimmt sie einige von den Päckchen und aus dem Kühlkasten holt sie eine kleine Schachtel. Ha, die kenne ich, da sind die lustigen Kugeln drin, die – wenn man sie auf den Boden wirft – leckeren klebrigen Schleim ausspucken. Vielleicht wirft sie mir ja ein paar von denen auf den Boden! Lecker!

Aber sie nimmt eins von den Päckchen, das mich vorhin so staubig gemacht hat, und schüttet den Inhalt in den großen Napf, dann kommt der Inhalt von einem der glänzenden Päckchen dazu und aus einem anderen Päckchen rieselt ein anderes weißes Zeug dazu. Aber jetzt bekomme ich bestimmt meine Schleimkugel! Aber nein, sie haut die Kugeln auf den Napfrand und schüttet den Schleim auch in den Napf.

Was macht sie denn jetzt mit dem armlosen Tier? Sie steckt den Schwanz in die Wand und drückt ihm auf die Nase. Na ja, ich glaube, es ist die Nase….! Jetzt wacht es auf! Es fängt an, wie wild zu schreien und dreht seine Füße ganz schnell. Das ist bestimmt ein Verwandter von dem langhalsigen Schreitier, das immer die Krümels und unsere Haare vom Boden frisst! Deshalb wird es bestimmt auch an die Wand gefesselt, damit es nicht abhaut!

Nun steckt sie die Füße in den Napf und das Tier zertrampelt den ganzen Inhalt zu Brei. Dann drückt Frauchen wieder auf die Nase und das Tier ist still. Ist wohl auch jetzt etwas erschöpft.

Aus dem unteren Kasten holt Frauchen jetzt ein kleines Tierchen. Das ist ein armes Tierchen, das hat gar keine Beine und nur einen Arm, aber dafür einen ziemlich großen runden Mund. Frauchen, was machst Du denn jetzt? Sie nimmt dem Tierchen einfach einen Teil vom Kopf ab und schüttet kleine Kügelchen in den Kopf hinein. Warum gibt sie ihm denn die Kügelchen nicht in den runden Mund wenn das Tier Hunger hat?

Jetzt dreht sie dem armen Tier auch noch den Arm herum, immer und immer wieder! Das muss doch wehtun! Dem armen Tier wird es jetzt offenbar ganz schlecht vor Schmerzen, es fängt an, aus seinem runden Mund ein braunes Pulver zu brechen. Aber es ist ganz tapfer, es sagt gar nichts dabei. Kater macht beim Brechen immer Geräusche, die hören sich ganz schlimm an!

Frauchen hat das Brechpulver auf einem flachen Steinchen aufgefangen und wirft es jetzt auch noch in den großen Napf. Pfui Teufel!

Jetzt rührt sie mit einem von den Dingern, die sie zum Essen benutzt das Brechzeugs unter die Fußtrampelmasse und fängt dann an, in den unteren Aufbewahrungskasten zu krabbeln. Sie räumt alles raus und krabbelt immer weiter hinein. Ist das eine neue Höhle? Ich hüpfe mal kurz auf die Platte und gucke in den Napf. Hm, riecht ja schon lecker. Könnte ich ja mal probieren?!

Aber bevor ich anfangen kann zu schlecken, kommt Frauchen aus der neuen Höhle gekrochen und hat wieder ein neues Tier in der Hand. Es ist groß und scheint sehr schwer zu sein, hat nur ein Bein und nur einen Arm, aber dafür ein riesiges Maul! Das muss ganz gefährlich sein, Frauchen schraubt das Tier an der Platte an, damit es nicht abhauen kann. Jetzt schiebt sie ihm auch noch einen komischen Mundschutz ins Maul, wahrscheinlich beißt es sonst!

Aber was will sie denn mit dem Tier anfangen, wenn es festgeschraubt ist. Irgendwie sieht das Ding aus, wie ein großer Bruder von dem armen kleinen Kerl, der die Kugeln in den Kopf bekommen hat!

Nun schüttet Frauchen einiges von dem Brei aus dem Napf in den Kopf von dem armen gefesselten Tier. Und jetzt fängt sie auch noch an, wie wild an dem Arm von dem Tier zu kurbeln. Trotz Mundschutz muss das arme Ding vor Schmerzen brechen. Durch den Mundschutz kommen komische Würste und Frauchen nimmt die jetzt auch noch in die Hand und legt kleine Teile von den Würsten auf ein Bruzzelkastenbrett. Als es voll ist, schiebt sie es in sein Zuhause. Dann nimmt sie dem Tier den Mundschutz raus. Endlich! Frauchen zeigt Erbarmen! Aber was macht sie denn jetzt? Sie schiebt einen neuen Mundschutz rein und fängt wieder an, am Arm zu kurbeln. Jetzt kotzt das arme Tier flache Würste. Auch mit diesen belegt Frauchen ein Bruzzelkastenbrett.

Aber mittlerweile kommen ganz leckere Gerüche aus dem Bruzzelkasten. Frauchen zieht das Brett raus und macht Freugeräusche. Ich wusste gar nicht, dass Brechzeugs so gut riechen kann. Wenn Kater demnächst wieder bricht, muss ich doch mal ausgiebig dran schnuppern!

Das arme Tier bricht und bricht und Frauchen macht immer mehr Bretter voll und steckt sie in den Bruzzelkasten. Ich will jetzt endlich mal so ein Brechbruzzeldings probieren! Leise hüpfe ich auf die Sitzplatte hinter der großen Platte, auf dem die Dinger auf so einem komischen Gitter liegen und stibitze mir eins. Huch, das ist ja ziemlich heiß! Ich schubse es auf die Sitzplatte und warte ein wenig. Vielleicht kann ich es ein wenig schütteln, dann wird es schneller kalt. Ich esse es jetzt einfach! Na ja, etwas warm ist es noch. Aber es schmeckt mir nicht ganz so gut. Da gehe ich lieber wieder an meine Steinchen!

Aber was ist denn jetzt los? Ich habe Bauchgrummeln. Sind das die „Bauchschmerzen"? Ich renne ganz schnell zu meinem Klöchen und jetzt....na ja!

Ich bin ganz müde und jetzt kommt auch mein Schwesterchen nach Hause. Ich erzähle ihr, wie schlecht es mir geht und sie schleckt mich ganz lieb ab. Das war ein komischer und aufregender Tag, ich werde jetzt erst einmal schlafen! Ihre „Plätzchen" können de Zweibeiner alleine essen!"

Das hat unsere kleine Mausi schön erzählt.

Frauchen und Omi-Frauchen haben jedes Jahr auch „Plätzchen" für uns Fellnasen gebastelt. Die haben sehr lecker geschmeckt und von denen haben wir kein Bauchigrummeln bekommen.

Vielleicht bastelt ihr auch einmal „Plätzchen" für eure lieben Fellies? Die freuen sich sicher und das kostet nicht viel...

Liebe Grüße euer Teddy.

22 BÖLLER

Hallo, hier ist euer Teddy aus dem schönen Regenbogenland.

Wir haben alle so schöne und lustige Erlebnisse aus dieser Weihnachtszeit.

Aber danach steht bald danach wieder das bevor, was ihr Silvester nennt. Viele bunte Lichter können wir dann von hier oben sehen. Es sieht alles sehr schön aus...aus der Ferne!

Aber wir alle hier oben kennen auch das, was hinter diesen schönen bunten Lichtern, die am Himmel zerplatzen, steht.

Unerträglicher Krach, furchtbarer Gestank, besoffene Menschen die uns wehtun, Tatütata auf den Straßen...

Ganz früher, als ich noch nicht bei Frauchen war, habe ich bei Zweibeinern gewohnt, die immer sehr viel getrunken haben und mich nicht gut behandelt haben. Ich habe wenig zu essen bekommen und habe mich meist versteckt. Manchmel habe ich vor Hunger etwas in der schmutzigen Küche geklaut und wurde dann mit einem langen Stock verprügelt Da habe ich gelernt, dass ich mich wehren muss und ich habe auch mal zugebissen. So war es auch in meinem letzten Jahr bei diesen Leuten. Schon den ganzen Tag waren viele fremde Männer in der schmutzigen Höhle und die beiden Zweibeiner, bei denen ich wohnen musste, hatten mit denen ganz viele Flaschen leergemacht. Ich hatte mich in dem Flur gelegt, aber irgendwann kam einer von diesen Zweibeinern in Richtung stinkendes Menschen-Klo getorkelt und ich konnte mich nicht schnell genug verstecken. Er sah mich und trat mit seinen dicken Füssen nach mir. Das hat richtig sehr weh getan, aber es hat mich auch richtig wütend gemacht. So bin ich trotz der Schmerzen, die der Tritt in meinem Bauch gemacht hat, hoch gesprungen und habe mich in seinem Hals verkrallt und richtig zugebissen. RICHTIG! Da ist sofort dieser rote Saft geflossen und der Kerl hat geschrien wie verrückt. Da kam auch schon der Zweibeiner, der behauptete mein Herrchen zu sein, und riss mich von dem Kerl los. Ich habe ihn sofort attackiert und ihn auch in den Arm und den Hals gebissen. Da hat er einfach die Tür aufgemacht und mich vor die Tür geschmissen.

Und genau in diesem Moment fing es an zu krachen, zu rummsen, zu blitzen und zu donnern. Und alles gleichzeitig. Ich wusste überhaupt nicht, wo ich hinrennen sollte. Überall Gestank, Blitz und Donner. Schreiende und torkelnde Zweibeiner rannten herum und schmissen brennenden und krachende Sachen herum. Als sie mich sahen, warfen sie mit Gejohle fürchterliche Sachen auf mich. Ich, der große und stattliche Kater hatte furchtbare Angst.

Schließlich fand ich einen kleinen Unterschlupf und versteckte mich darin bis das Geknalle endlich zu Ende war. Da wartete ich bis zum nächsten Morgen und als es endlich ruhig war, rannte ich „nach Hause“. Da machte mir die Zweibeinerin auf und der Zweibeiner kam auch wütend um die Ecke. Er packte mich, bevor ich mich wehren konnte, und stopfte mich in eine Kiste. Dann fuhren sie mit ihrem Rumpeldings mit mir weg. Irgendwann hielten sie an und sprachen mit einer Zweibeinerin. Dann kam ich mit meiner Kiste in einen Käfig und dort sollte ich dann sehr lange wohnen, bis mein Frauchen mich dort befreite. Aber die Geschichte kennt ihr ja schon.

Nicht lange, nachdem mich mein Frauchen aus dem Käfig befreit hatte, stand der Jahreswechsel mit all seiner Knallerei an. Und bestimmt auch mit den besoffenen Zweibeinern, die es nicht gut mit mir meinten.

Aber an dem Tag waren wir, die zwei Katzenmädels und ich, ganz alleine mit Frauchen. Es gab lecker Fresschen und Frauchen machte die kleinen Brettchen vor den durchsichtigen Ausgängen zu. Und dann fing es an: Rummsen, Knallen, Pfeiffen. Ich hatte so Angst und versteckte mich, aber die beiden Mädels lagen ganz entspannt bei Frauchen. Das kam mir komisch vor und so krabbelte ich langsam aus meinem Versteck und legte mich zu den beiden Mädels und zu Frauchen. Die krabbelte mir meinen Kopf und erzählte mir irgendwas. Was war vollkommen egal, aber ich hatte plötzlich keine Angst mehr.

Seitdem hat mich zwar immer noch diese Rummserei genervt und ich hatte auch noch etwas Angst, aber da ich wusste, dass Frauchen uns beschützt, war es nicht mehr so schlimm.

Aber wir haben auch ganz viele Freunde hier im Regenbogenland, die ganz schlimme Erfahrungen mit diesem „Silvester" machen mussten.

Viele rennen in ihrer Panik von zu Hause weg und verkriechen sich irgendwo, wo gerade eine Tür offen ist. Wenn sie Glück haben, geht die Tür schnell wieder auf und sie können nach Hause gehen. Wenn sie Pech haben, bleibt die Tür zu und sie landen dann hier oben. Und die Zeit, bis sie zu uns dürfen ist ganz schlimm für sie!

Oder sie rennen in ihrer Panik einfach los und dann kommt ein Brummsdings und erwischt sie.

Und dann gibt es noch die ganz schlimmen Geschichten, in denen unsere Fellnasenfreunde von betrunkenen Zweibeinern gequält werden. Da haben wir auch Freunde hier oben, die uns schlimme Geschichten erzählt haben.

Immer noch sehen wir von hier oben unsere Fellnasenfreunde, die von dem Geballere an diesem komischen"Silvester" in Panik abgehauen sind und immer noch umherirren und ihre Frauchen und Herrchen suchen. Ganz viele von ihnen werden es nicht schaffen. Und das nur wegen ein paar Stunden vollkommen sinnlosem Geballere.

Wir hier oben bitten euch Zweibeiner, endlich mit dem, was ihr „Feuerwerk" nennt, aufzuhören. Spendet doch einfach das viele Geld an unsere Kumpels und Kumpelinen in den Tierheimen und auf den Straßen.

23 SILVESTER

Hallo, hier ist euer Teddy aus dem Land hinter dem Regenbogen.

Am morgigen Tag begrüßt ihr da unten ein neues Jahr. In dieser Nacht wird viel gefeiert. Viel gegessen und getrunken, manchmal zu viel von allem.

Um Mitternacht wird das neue Jahr mit unglaublichem Getöse und bunten Lichtern begrüßt. Ihr nennt es Feuerwerk. Es sieht schön aus, wenn die bunten Sterne am Himmel zerplatzen, aber der Höllenlärm und der unglaubliche Gestank machen uns Angst und rauben uns den Atem.

In dieser Nacht verlieren viele Tiere ihr Zuhause oder gar ihr Leben. Es trifft da nicht nur die Tiere, die ein Zuhause haben, sondern viel mehr auch die Tiere, die auf der Straße, oder wild in den Wäldern und in der Nähe eurer Zuhause leben.

Wir hören den Lärm viel lauter als ihr und das macht uns Angst und wir rennen orientierungslos einfach los um Schutz zu suchen. Aber der Krach ist überall und so passiert es, dass wir uns verirren oder vor diese Brumsdingse oder andere große Fahrdingse rennen und verletzt oder getötet werden. Viele von uns rennen in ihrer Panik so weit von zu Hause weg, dass sie nicht mehr zurück finden. Dann müssen sie Hunger leiden und viele von uns gehen dann auch über die Brücke.

Auch die Tiere, die ein Zuhause haben, wie meine beiden kleinen Mädels, die jetzt bei Frauchen leben, haben schlimme Angst und verkriechen sich. Mir ging es auch so, ich habe euch ja schon erzählt, wie es mir an diesem „Silvester“ bei meinen früheren Herrchen erging. Seit dieser Zeit hatte ich bei dem kleinsten Knaller panische Angst und Frauchen hatte immer viel Mühe, mich zu beruhigen. Aber sie machte schon am frühen Abend die Brettchen vor den Fenstern zu und wir kuschelten uns zu Frauchen unter die Decke. Sie schmuste uns und redete mit uns. Aber es dauerte immer sehr lange, bis ich wieder normal durch unsere Wohnhöhle gehen konnte.

Auch in dieser Nacht werden wieder viele Tiere über die Brücke kommen. Ein wunderschönes großes Hundetier kam als erstes, da war es bei euch noch hell. Sein Herrchen war extra bevor das Geballere losging nochmal mit ihm Gassi gegangen. Einige von euch fangen aber schon am Mittag an, diese Dinger, die ihr Raketen oder Böller nennt, in die Luft zu jagen. Und so war es auch bei ihm. Direkt vor ihm schossen solche Blödzweibeiner eine Rakete in die Luft. Klaus – das Hundetier – riss sich von dem Band, das ihn mit seinem Herrchen verband, los und rannte kopflos über das Feld. Sein Herrchen rannte hinter ihm her und rief seinen Namen. Aber Klaus hatte solche Angst, dass er nicht hörte. Er kam an den kleinen Hügel, hinter dem die Eisendinger lagen und wo er eigentlich auf keinen Fall hoch durfte. Das letzte, was er hörte, war ein lautes Pfeifen, dann wurde es dunkel. Das nächste, was er sah, war die Brücke. Da sein Herrchen schon zwei Hundetiere vor ihm hatte, konnte er sich ihnen anschließen.

Es kam aber auch ein kleines Katzenmädchen. Dem hatten ganz schlimme junge Zweibeiner einen Böller an das Schwänzchen gebunden und angezündet. Das Kleine wurde schlimm verstümmelt und starb ganz alleine mit fürchterlichen Schmerzen. Warum gibt es so schlimme Zweibeiner? Was ist schön daran, hilflose Wesen zu quälen? Aber diese Zweibeiner werden irgendwann ihre Strafe bekommen. Sie werden nicht über die Regenbogenbrücke gehen, für sie ist ein anderer Weg vorgesehen!

Das Kleine wurde von unserer Gruppe als Waisenkind aufgenommen.

Es wird in dieser Nacht noch viel Tierleid geben, was keiner von euch Zweibeinern mitbekommen wird. Ganz viel wird sich in den Wäldern abspielen. Viele der verschwundenen Tiere, die in Panik davongerannt sind, werden nie mehr auftauchen, was bei ihren Frauchen und Herrchen für großes Leid sorgen wird.

Könnt ihr das neue Jahr nicht anders begrüßen? Stellt eine Kerze vor die Tür. Wenn das jeder macht, sieht das sehr schön aus. Und das kostet nicht viel.

Das Geld, was ihr spart, könnt ihr an die Tierheime geben. Oder unseren Freunden bei euch Spielzeuge oder Leckerlies kaufen.

Wir werden nun auch das neue Jahr begrüßen. Ganz still und leise...

Alle Bewohner der Regenbogenwiese wünschen euch ein frohes und gesegnetes neues Jahr. Einige von uns werden unsere Herrchen und Frauchen im kommenden Jahr wiedersehen, andere müssen noch warten. Aber grämt euch nicht, uns geht es hier gut und wir sind da, wenn ihr die Brücke überquert. Und dann für immer!

Euer Teddy

24 HUNDEKINDER

Hallo, hier ist euer Teddy.

Heute mussten wir wieder einmal erleben, dass nicht alle von euch Zweibeinern lieb zu uns Tieren sind. Es gibt verabscheuungswürdige Kreaturen unter euch, denen wir Tiere vollkommen egal sind und denen es nur darum geht, immer mehr von dem Zeug zu bekommen, das ihr „Geld" nennt.

Ich hatte mich gerade mit meinem Ebenbild Kalli zu einem Spaziergang getroffen, als unsere Chefin Hexe zu mir kam. Sie sagte mir, dass wir zur Regenbogenbrücke gehen müssen um einige Waisenkinder abzuholen. Und dass ich dem Cockermädchen Buffy Bescheid sagen soll. Ich war verblüfft, durften doch normalerweise nur wir beiden zur Regenbogenbrücke gehen um Waisenkinder abzuholen.

Ich hatte euch ja schon erzählt, dass Tiere, die auf der Erde keine Herrchen oder Frauchen hatten, als Waisenkinder in einer Gruppe aufgenommen werden um dort Geborgenheit zu erfahren.

So holte ich Buffy, die wieder einmal inmitten von Blümchen lag und schlief.

Wir gingen dann gemeinsam zu der Brücke und schon von Weitem signalisierte uns der strahlende Regenbogen, dass neue Bewohner auf dem Weg zur Wiese waren.

Zuerst sahen wir nichts. Aber dann kamen da vier winzige Hundewelpen über die Brücke gekrochen. Die waren so klein, dass sie noch gar nicht richtig laufen konnten. Was sollten die denn hier drüben? Die hatten doch noch ihr ganzes Leben bei einem lieben Herrchen oder Frauchen vor sich! Und warum waren die nicht bei ihrer Hundemama? War die vielleicht gestorben? Aber dann wäre die Mama ja auch bei uns. Also musste sie noch leben...

Aber ich verstand nun, warum Buffy bei uns war! Sie ist so eine liebe Hündin und würde sich bei uns in der Gruppe um die Kleinen kümmern!

Nun waren die Kleinen auf der Wiese angekommen und wir sahen, dass sie dort wo sie herkamen sehr krank gewesen sein mussten, obwohl sie noch so klein waren. Buffy ging zu den Kleinen und legte sich zu ihnen. Die versuchten sofort bei Buffy zu nuckeln, schliefen dann aber ganz schnell ein.

Hexe und ich legten uns dazu. Und ließen die Kleinen sich erst einmal ausruhen.

Nach einiger Zeit wachten die Zwerge auf. Sie waren sofort munter und schleckten uns alle ab. Bei uns auf der Wiese gibt es ja keine Krankheit, keinen Hunger und keinen Durst.

So brachen wir alle gemeinsam auf und die Kleinen blieben ganz dicht bei Buffy. In der Gruppe wurden sie von allen herzlich begrüßt, nur von dem großen Poco hatten die Kleinen doch Respekt.

Irgendwann fingen die Winzlinge dann an zu erzählen.

Jeder von uns hat ja seine Geschichten, da sind viele schlimme Sachen passiert. Einige haben furchtbare Dinge mit Zweibeinern erleben müssen. Aber was die kleinen Hundis in den paar Wochen, die sie auf der Erde waren, erleiden mussten, lies uns alle schaudern.

Ihre Mama hat sie unter furchtbaren Bedingungen auf die Welt gebracht. Sehen konnten sie ja noch nichts, aber sie konnten schon riechen. Und es stank furchtbar. Ihre Mama lag in einem winzigen Verschlag und es war nass und matschig, aber ihre Mama versuchte sie so gut wie möglich zu ernähren und sauber zu machen. Ab und zu hörten sie fremde Geräusche und dann flog etwas in den Verschlag und Mama fraß schnell und gierig. Nach einiger Zeit konnten sie die Augen öffnen und sie sahen, dass sie in einem Käfig waren und alles rundum schmutzig war. Rundum war alles voll mit diesen Käfigen und da waren viele Mamas mit ihren Hundekindern drin. Einmal am Tag kamen Zweibeiner und warfen Futter in die Käfige. Manchmal gingen sie in einen Käfig und holten ein Hundekind, das sich nicht mehr bewegte, aus dem Käfig und warfen es in eine große Kiste. Aber das empfanden die Kleinen nicht so schlimm, Mama war ja da und sie konnten sich an sie kuscheln.

Aber dadurch dass es immer kalt und schmutzig war, wurden die Kleinen krank. Sie konnten nicht mehr richtig atmen und das Kacka lief aus ihnen nur so raus.

Nach kurzer Zeit kamen Zweibeiner und holten sie von der Mama weg. Mama und die Kleinen schrieen und weinten. Mama randalierte in dem Käfig und ein Zweibeiner prügelte sie mit einem dicken Stock bis sie still war.

Die Kleinen wurden in einen Käfig gestopft und gemeinsam mit vielen anderen Käfigen in einen großen Kasten auf Rädern verladen. Dann wurde es dunkel und es rumpelte für lange Zeit. Essen und trinken gab es zwar, aber Pipi und Kacka mussten sie in den Käfigen machen. Und Mama war nicht mehr da. Jeden Tag kamen die Zweibeiner und schmissen Essen und Trinken in die Käfige. Dann schauten sie in jeden Käfig und aus manchen holten sie leblose Hundis heraus und schmissen sie einfach aus dem rollenden Kasten. Dann ging es weiter.

Irgendwann stoppte der Kasten auf Rollen und die Türen gingen auf. Da standen einige Brumsdingse mit Lichtern auf dem Dach und die Zweibeiner hatten auf dem Kopf komische Deckel. Die Käfige wurden ausgeladen und vielen von den Zweibeinern, die uns trugen lief Wasser aus den Augen.

Wir kamen alle in saubere kleine Kästchen und wurden in saubere und warme große Höhlen gebracht. Dann kamen wir alle nach und nach zu einem Zweibeiner in einem weißen Fell, der mit uns komische Sachen machte. Mit einem glänzenden, kalten Dings krabbelte er unter dem Bauch herum. Dann steckte er ein komisches Stäbchen in den Popo.

Unsere vier waren so krank und so schwach, dass sie wenig Chancen hatten zu Überleben. Außerdem waren sie viel zu jung, um von der Mama wegzukommen.

Es war eine ganz liebe Zweibeinerin bei den vier Sorgenkindern. Aber trotz aller Zuwendung überlebten die vier die erste Nacht in der schönen warmen Höhle nicht.

Und so sind sie jetzt bei uns bevor ihr Leben richtig angefangen hat!

Wir bekommen auch in anderen Gruppen mit, dass viele Winzlinge über die Brücke kommen, die eigentlich noch gar nicht von der Mama wegdürfen und die krank und schwach waren!

Warum?

Weil Zweibeiner geldgierig sind und es denen egal ist, wie es den Mamas und Papas und den Kleinen geht! Weil Zweibeiner „billige“ Welpen haben wollen.

Ich musste ja lange im Tierheim leben, bis mich Frauchen geholt hat. Aber dort warten ganz viele Tiere auf ein neues Frauchen oder Herrchen und sie werden bis dahin von lieben Zweibeinern gepflegt und gut behandelt.

Wenn ihr Zweibeiner einer Fellnase ein Zuhause geben wollt, geht in die Tierheime und holt euch dort ein Tier. Die warten alle auf ein neues Zuhause!

Kauft niemals ein Tier aus dem was ihr „Internet“ nennt! Damit unterstützt ihr diese furchtbar bösen Zweibeinerkreaturen und die machen immer weiter und quälen Hundemamas und ihre Babies!

25 DIE GESCHUNDENE SEELE

Hallo, hier ist euer sehr trauriger Teddy.

Heute früh kam eine sehr traurige und nachdenkliche Hexe zu mir und sagte mir, dass wir heute an der Brücke eine geschundene Seele abholen müssen. Und dass es ganz furchtbare Zweibeiner gibt, die uns Tieren unvorstellbar schlimme Dinge antun!

Wir gingen schweigend zur Brücke und der Regenbogen kündete uns durch sein Strahlen die Ankunft einer neuen Seele an.

Und dann kam sie. Sie schlich auf ihrem Bauch über die Blücke. Den Blick gesenkt. Ein einziger Ausdruck von Angst! Eine helle Hündin. Sie war bestimmt einmal eine Schönheit, aber nun war sie nur noch ein Schatten dessen, was sie einmal war. Die Nuckelies hingen an ihrem Bauch herunter, sie schien schon viele Babys gehabt zu haben. Und da die Nuckelies noch sehr voll waren, musste sie vor kurzem erst Babys geboren haben. Was war ihr nur passiert? Und wo waren die Babys? Hoffentlich in Sicherheit!

Sie kam bei uns an und wir begrüßten sie, doch das bekam sie kaum mit. Sie legte sich auf die Seite und schlief sofort ein. Das kannten wir schon, alle Neuankömmlinge mussten zuerst einmal schlafen um im Schlaf die ersten Veränderungen zu erfahren.

Wenn sie wach werden, haben sie keine Schmerzen mehr, sie haben keinen Hunger und keinen Durst und keine Angst.

Aber sie wollte einfach nicht wach werden. Sie schlief schon lange und immer, wenn Hexe sie wecken wollte, schaute sie kurz mit unendlich traurigem Blick auf und sagte nur „meine Babys".

Hexe legte sich nachdenklich neben mich und nach einiger Zeit sagte sie zu mir: „Hol die Hundebabys und Buffy!"

Ich verstand nicht warum, aber Hexe hat eigentlich immer recht, so ging ich zurück zu der Gruppe und holte Buffy und die vier Zwerge, die vor kurzem als winzige Fellbündel zu uns gekommen waren und nun zu einer quirligen kleinen Bande herangewachsen. Sie hoppelten neben Buffy her und als sie näher kamen hob die geschundene Seele langsam ihren Kopf. Sie blickte in die Richtung, aus der diese lustige kleine Hundeschar kam. Dann fing sie an zu winseln und leise fing ihr Schweif an, hin und her zu wedeln. Sie stand auf und dann rannte sie plötzlich den Kleinen entgegen. Die warfen sich auf den Rücken und wurden von allen Seiten abgeschleckt. Dann legte sich unsere Hündin auf die Seite und die Kleinen fingen sofort an zu nuckeln.

Unsere Babys und ihre Mama hatten sich gefunden!

Nachdem unsere Rasselbande satt war, schliefen die Racker friedlich am Bauch der Mama ein.

Und sie fing an zu erzählen:

„Ich heiße Blondie, so hat mich mein liebes Frauchen genannt. Ich hatte ein wunderschönes Leben zusammen mit meinem Frauchen. Wir lebten in einer schönen Wohnung mit einem Garten und mit meinem Frauchen durfte ich jeden Tag dahin was sie „Arbeit" nannte. Da waren auch alle sehr lieb zu mir. Mittags, wenn die „Arbeit“ zu Ende war, gingen wir noch eine große Runde im Park spazieren. Da hatte ich viele Hundefreunde mit denen ich noch herumtollen durfte.

Auf dem Weg zu unserem Zuhause mussten wir noch „einkaufen“ - so nannte es Frauchen. Da wurde ich vor einer große Höhle angebunden und musste kurz auf Frauchen warten. Manchmal kamen andere Zweibeiner und sprachen mit mir.

Seit einigen Tagen kamen immer zwei von ihnen mit tiefen Stimmen, die mir Leckerlies hinwarfen. Eigentlich mochte ich die nicht, irgendwie waren die komisch! Aber die Leckerlies waren doch sehr verlockend. Und so lies ich mich nach einigen Tage auch anfassen. Das war nicht richtig. Plötzlich schnappte mich der eine Zweibeiner und stopfte mich in ein Brumsdings. Ich hörte nur noch, wie die Tür zuschlug und dann spürte ich einen Pieks und es wurde dunkel.

Als ich wieder wach wurde, war es dunkel, aber ich wusste, dass ich nicht alleine war. Ich steckte in einem winzigen Käfig. Um mich herum viele andere Käfige. Winseln, Bellen, Angst!

Wo bist Du Frauchen? Warum hast Du mich alleine gelassen? Wann lässt Du mich endlich wieder hier heraus? Ich habe Hunger und Durst! Und ganz viel Angst!

Lange rumpeln wir durch die Gegend. Ab und zu geht die Tür auf und wir bekommen etwas Wasser. Futter gibt es keins. Pipi und Kacka müssen wir in unsere Käfige machen. Ich rufe nach Frauchen, aber irgendwann gebe ich auf. Frauchen will mich nicht mehr haben. Sie hat mich alleine gelassen. Was habe ich denn falsch gemacht?

Nach langer Zeit hielt das Brumding an und die Türen wurden geöffent. Endlich etwas frische Luft und endlich durften wir auch nun sicher wieder raus. Aber so war es nicht. In unseren stinkenden Käfigen wurden wir in eine dunkele Höhle gebracht. Hier sahen wir nicht viel aber wir hörten Winseln von Artgenossen und Fiepsen. Und es stank noch mehr als in dem vorherigen Gefängnis.

Ich wurde in einen dreckigen Verschlag geworfen und bekam ein Stück stinkendes Fresschen hingeworfen. Weil ich nun schon lange nichts mehr zu essen bekommen hatte, habe ich es ganz schnell aufgegessen. War vielleicht Frauchen hier irgendwo in der Nähe? Ich rief nach ihr und sofort war einer der Zweibeiner bei mir und schlug mich mit einer langen Stange. Das tat so weh!

Frauchen? Warum?

Ich legte mich in den Dreck und schlief vor Erschöpfung ein. Dann wurde ich plötzlich wach, weil ich spürte, dass ich nicht mehr alleine war. Ein großer Rüde war in meinem Verschlag. Und die beiden Zweibeiner auch. Der Rüde sollte mich besteigen, aber ich war doch nicht bereit. Was die beiden Zweibeiner dann machten, möchte ich nicht sagen müssen. Es war schlimm.

Die Prozedur wiederholte sich noch einige Male und irgendwann wurde ich in Ruhe gelassen. Und bekam auch Futter. Wurde nun alles gut?

Dann bekam ich Babys. Es war niemand bei mir, aber ich bekam drei hübsche kleine Babys. Trotz Schmutz und Hunger war ich glücklich und kümmerte mich um meine Kleinen. So gut es ging, versuchte ich, sie sauber zu halten.

Ganz kurze Zeit später kamen die beiden Zweibeiner und holten die drei Kleinen von mir weg. Aber sie mussten doch noch so viel lernen. Und sie brauchten doch noch die Nuckelies. Aber sie kamen nicht wieder...

Kurz darauf kam wieder der große Rüde in meinen Verschlag. Und alles wiederholte sich...

Und wieder und wieder...

Dann kam der Tag, als ich wieder einmal vier Babys zur Welt gebracht hatte. Und wieder kamen die beiden Zweibeiner und nahmen mir meine Babys weg. Und ich wehrte mich. Das erste Mal. Ich bellte und ich biss nach dem einen Zweibeiner.

Der hatte eine Stange in der Hand und prügelte auf mich ein. Es waren furchtbare Schmerzen. Aber ich ließ nicht von ihm ab. Ich wollte meine Kleinen dieses mal nicht hergeben! Aber seine Stange prügelte unaufhörlich auf mich ein. Irgendwann hörte ich nur noch von Ferne meine Kleinen winseln und dann wurde es schwarz vor meinen Augen.

Mir ging es furchtbar schlecht und ich hatte schlimme Schmerzen. Um mich herum lagen ganz viele tote Artgenossen. Große, kleine, Rüden und Mädchen. Alle hatten den gleichen Weg wie ich gemacht.

Und alle hatten früher einmal sicher ein schönes Zuhause...!“

Nachdem Blondie zu Ende erzählt hatte, waren wir alle sehr still. Ihre Babys lagen an ihrem Bauch und sie legte erschöpft den Kopf auf die Wiese.

Lasst bitte niemals eure Liebsten alleine vor irgendwelchen Geschäften, auch wenn es nur „kurz“ ist. Lasst sie nicht unbeobachtet! Es gibt viele Zweibeiner, die es nicht gut meinen!

Euer sehr trauriger Teddy

26 FREUNDE

Hallo, hier ist euer Teddy mit Neuigkeiten aus dem Regenbogenland

Ihr wisst ja, dass wir hier in einer großen Gruppe mit allen Tieren, die bei Frauchen gewohnt haben und mittlerweile auch mit einigen Waisenkindern zusammenleben. Wir verstehen uns alle prima und es haben sich trotzdem kleine Gemeinschaften gebildet, die öfter zusammen spielen oder gemeinsam die Gegend erkunden.

Der einzige, der eigentlich immer für sich steht, ist Poco, Frauchens „Pferd“. So nennen die Zweibeiner diese freundlichen Riesen. Sie setzen sich darauf und lassen sich durch die Gegend tragen. Das nennen sie dann „Reiten“.

Poco kam als recht junges Pferd zu Frauchen und hat lange in ihrer Nähe gewohnt. Es ging ihm sehr gut und Frauchen kam jeden Tag zu ihm. Sie hat ihn dann mit weichen Bürsten saubergemacht und dann sind sie zusammen ausgeritten. So heißt das, wenn Frauchen ihm einen „Sattel“ aufgelegt hat - das ist eine Art Ledersitz, der auf das Pferd geschnallt wird und der Zweibeiner sich da draufsetzt. Manchmal ist Frauchen auch ohne den „Sattel“ geritten.

Als Poco älter wurde, durfte er dahin zurück, wo er geboren wurde.Das war sehr weit weg von Frauchen und Anfangs hat er sehr getrauert. Aber das gab sich bald, denn dort hat er dann gemeinsam mit einer großen Gruppe Pferde auf einer riesengroßen Wiese gelebt. Sie durften da vollkommen frei herumtoben, Gras essen, sich wälzen. Jeden Tag kam ein Frauchenfreund und schaute, dass alles in Ordnung war. Dann bekamen sie zu dem Gras noch leckeres Futter und Wasser. Und ab und zu kam auch Frauchen um nach ihm zu schauen.

Poco sagt oft, dass ihn unsere Wiese sehr an seine letzten Jahre auf der Wiese erinnern. Dabei schaut er sehr traurig mit seinen wunderschönen Augen und geht dann weg.

Wir haben ihn alle sehr lieb, aber trotzdem ist er fast immer alleine. Manchmal, wenn wir einen gemeinsamen Ausflug machen, dürfen die Kleinen auf ihm sitzen und er trägt sie dann durch die Gegend. Aber so einen richtigen Freund hat er nicht, weil er so groß ist und weil alle ein wenig Angst vor seinen großen Füßen haben. Und wenn er sich mit uns unterhalten will, schreit er meist so laut, dass uns die Ohren wehtun.

Doch seit einiger Zeit geht Poco fast jeden Tag von der Gruppe weg und kommt dann erst nach vielen Stunden zurück. Dann ist sein Fellkleid nass und er scheint glücklich und zugleich ein wenig traurig zu sein. Dann kommt der Tag, an dem Poco nicht mehr zu unserer Gruppe zurückkommt.

Wir machen uns große Sorgen. Es kann uns zwar nichts passieren, aber trotzdem ist es noch nie vorgekommen, dass ein Mitglied unserer Gruppe nicht nach Hause gekommen ist.

So machen sich Hexe und ich am nächsten Tag auf den Weg unseren Poco zu suchen. Wir fragen viele Tiere, ob sie unseren Poco gesehen haben. Irgendwann zeigt uns ein großer Schäferhund einen Teil der Wiese, den wir noch nicht kennen.

Je näher wir zu der Stelle kommen, die uns der Schäferhund gezeigt hat umso mehr spüren wir, wie der Boden bebt. Was ist das? Ist Poco in Gefahr? Das kann aber doch gar nicht sein!

Dann sehen wir es: Eine schier unendliche Menge von Pferden! Manche stehen, manche wälzen sich im Gras, aber die meisten tollen und rasen über die Wiese. Die Hufe trommeln auf dem Boden und das war dieses Beben, das wir schon von Weitem gespürt haben.

Und dann sehen wir inmitten dieser riesigen Herde unseren Poco. Glücklich rennt er mit einer Gruppe über die Wiese, den Schweif hoch erhoben und ein glückliches „Wiehiehieeee" rufend.

Dann sieht er uns und kommt sofort angaloppiert. Mit ihm zusammen ein riesengroßes Pferd mit unglaublich großen Hufen und wunderschönem Schweif und Mähne.

Poco erzählt uns, dass er auf einem seiner einsamen Spaziergängen den großen Hengst Paco getroffen hat und er ihm den Weg zu der Gruppe gezeigt hat, in der sich die Pferde zusammengetan haben und dort ein wunderschönes und glückliches Leben haben.

Die meisten von ihnen haben -wie Poco – auch noch eine Frauchen- oder Herrchengruppe, zu der sie auch von Zeit zu Zeit zurückgehen und sie besuchen.

Wenn bei ihnen die eigentlichen Herrchen und Frauchen über die Brücke kommen, haben sie die Wahl, für immer mit ihnen zu gehen oder sie über die geheime Brücke auf der anderen Seite zu besuchen, die meiste Zeit aber bei der Pferdegruppe zu bleiben.

Poco sagt uns, dass er auch ab jetzt bei der Gruppe seiner Artgenossen bleiben möchte, er aber nun mit zu unserer Gruppe kommen möchte, um es den anderen selbst zu sagen.

So trägt uns Poco auf seinem Rücken zu unserer Gruppe zurück und erzählt dann seine Geschichte. Ganz still hören alle zu. Dann löst sich als erste die kleine Mausi und schmiegt sich an seine großen Hufe. Gerade sie durfte oft auf seinem Rücken sitzen und wurde durch die Gegend getragen.

Er nimmt sie – wie so oft – zwischen seine riesengroßen Zähne und setzt sie auf seinen Rücken. Nach und nach kommen alle zu ihm und schmiegen sich an ihn und zu Guterletzt sitzen fast alle auf dem sanften Riesen und verabschieden sich von ihm. Dann legt er sich auf die Seite und alle klettern von ihm herunter.

Zum Schluss geht unsere Chefin – die uralte Hexe – zu ihm und schleckt ihm über seine Nüstern. „Bis bald, Großer! Run free..."

Dann steht Poco auf, schaut noch einmal auf uns herab und dann donnert er los. Beim Rennen springt er in die Luft und lässt noch einmal sein schönstes „Wiehiehieeeee" ertönen. Dann ist er in einer Staubwolke verschwunden.

Mir tut es sehr leid, dass Poco nun nicht mehr bei uns ist. Aber Hexe sagt zu mir: „Erinnerst Du Dich, was Frauchen immer gesagt hat? Wenn jemand wiederkommen soll, muss man ihn loslassen!"

27 EIN KLEINES WUNDER

Hallo, hier ist euer Teddy.

Heute kam wieder einmal unsere Hexe zu mir und sagte „komm, der Regenbogen ruft. Und nimm Bunti mit."

Aha, wir würden wohl wieder ein Waisenkind abholen. Und Bunti sollte wohl helfen, dass es sich nicht so alleine fühlt.

Also weckte ich meinen Schützling Bunti und gemeinsam gingen wir den bekannten Weg zum Regenbogen. Schon von Weitem sahen wir ihn in all seinen wunderschönen Farben strahlen. Wir gingen näher, aber ich konnte kein Tierchen über die Brücke kommen sehen.

Statt dessen sass da ein kleines Menschenkind am Rande der Brücke im Gras und schlief. Das wartete da bestimmt auf sein Seelentier. Aber wo war unser neues Waisenkind?

Ich fragte Hexe, wo denn unser Neuankömmling sei und sie deutet auf das kleine Menschenkind. Das verstand ich nicht. Sollte das Menschenkind nun auch in unserer Gruppe wohnen? Wie sollte das denn gehen? Ich hatte noch keine Gruppe gesehen, in der Menschenkinder wohnten.

Wenn Menschen über die Brücke kamen, wurden die von ihren Seelentieren abgeholt und gemeinsam traten sie dann den letzten Weg über die geheime Brücke an.

Hexe sah die Ratlosigkeit in meinen Augen und fing an zu erzählen:

„Das kleine Mädchen war da unten bei den Menschen sehr, sehr krank. Sie musste schon als kleines Baby sehr oft in diese Häuser, die die Menschen „Krankenhaus“ nennen. Dort war sie an viele Schläuche gefesselt und ihre Eltern saßen oft an ihrem Bett und weinten. Manchmal durfte das Mädchen für eine kurze Zeit nach Hause, aber dann musste sie wieder in dieses Krankenhaus. Oft bekam sie viele Piekse und dann wurde sie „operiert“. Aber nichts konnte ihr helfen.

Der größte Wunsch des kleinen Mädchens war es von klein an, ein Kätzchen zu haben. Aber das durfte nicht sein. Es war zu gefährlich für sie. Kätzchen konnten kratzen oder böse Dinge, die die Menschen „Keime“ nannten, übertragen. Also schenkten ihre Eltern ihr viele Kätzchen-Stofftiere und klebten ganz viele Bilder von Kätzchen an die Wand ihres Krankenzimmers.

Ihr liebstes Bild war das von einer kleinen dreifarbigen Katze. Wie unsere Bunti!

Es kam der Tag, als das kleine Mädchen den Kampf gegen ihre Krankheit verlor und sie gehen musste. Aber sie empfand es als Erlösung. Endlich keine Schmerzen, keine Schläuche, kein Operationen mehr. Sie versuchte, ihre Eltern zu trösten. Ihnen zu sagen, dass es ihr jetzt gutgehe. Aber sie sah sie weinend an ihrem Bett sitzen und versuchte ihre Hand zu halten, aber sie war schon auf dem Weg in die nächste Welt.

Dann sah sie den Regenbogen und die Brücke und ging hinüber. Aber da wartete niemand auf sie. So setzte sie sich an den Rand der Brücke und schlief ein."

Wir gingen näher heran und Bunti lief sofort auf das schlafende Mädchen zu und legte sich auf ihren Schoß. Die kleine erwachte und sah ungläubig auf die kleine zusammengerollte Bunti herab. Die fing sofort an zu schnurren und kuschelte ihr Köpfchen in die Hand des kleine Mächenes.

Der kullerten die Tränchen in das Fell von Bunti und sie sagte zu ihr: „Meine Joie! Von Dir habe ich immer geträumt. Du hast mich getröstet wenn ich verzweifelt war. Du hast meine Schmerzen gemildert. Aber ich durfte Dich nie spüren. Nun ist mein größter Wunsch in Erfüllung gegangen, wir werden uns nie mehr trennen!"

Das Mädchen stand auf, Bunti, die jetzt Joie hieß, auf dem Arm. Wir gingen gemeinsam zu der geheimen Brücke und die beiden überquerten den Steg zu der ewigen Wiese.

Auf dem Rückweg zu unserer Gruppe fragte ich Hexe, ob der neue Name von Bunti eine Bedeutung habe.

Sie sage nur „Freude, einfach nur Freude!"

28 DER ZWEIBEINER

Hallo, hier ist euer Teddy

Heute war wie immer ein wunderschöner Tag auf unserer Wiese. Die Sonne schien, die Blümchen bewegten sich leise im Wind und ich lag mit Hexe und Meikel im Schatten und wir dösten vor uns hin.

Plötzlich standen Hexe und Meikel auf und starrten in die Ferne. Das gemütliche Buffy-Müffeltier und Ziemzer kamen zu den beiden und starrten in die selbe Richtung. Dann liefen sie – ohne mir etwas zu sagen – los. Sie liefen so schnell, dass es aussah als würden sie über die Blumen fliegen.

Ich rannte hinterher. Aber sie waren so schnell, dass ich sie aus den Augen verlor. Sie waren in Richtung der Brücke gelaufen, aber ich konnte sie nicht sehen. So beschloss ich zu warten und legte mich ins Gras.

Ich war eingeschlafen und wusste nicht, wieviel Zeit vergangen war. Aber da standen Hexe und Meikel neben mir. Doch Buffy und Ziemzer waren nicht bei ihnen. Wo waren sie denn abgeblieben? Unser Dickerchen konnte bestimmt das Tempo der beiden nicht mitmachen und lag irgendwo im Schatten und ihr Ziemzer war natürlich bei ihr.

Ich fragte Hexe und sie sagte nur „Buffy und Ziemzer sind mit ihrem Herrchen auf die ewige Wiese gegangen."

Buffy´s Herrchen? Auf die ewige Wiese? Warum waren Hexe und Meikel dabei und ich nicht? Ich verstand gar nichts!

Da begann Hexe zu erzählen:

„ Buffy war schon als ganz kleiner Welpe bei ihrem Herrchen. Sie wuchs bei ihm auf und unser Frauchen kam erst später, als Buffy schon viel älter war, dazu. Dann kam Ziemzer zu Buffy und wurde von ihr als Sohn adoptiert. Ich -Hexe - kam erst später, als Buffy schon über die Brücke gegangen war und Ziemzer von den bösen Zweibeinern geklaut worden war. Meikel wurde von dem Herrchen und von Frauchen eine kurze Zeit später aus dem Tierheim in die Familie geholt.

Herrchen war eigentlich ein lieber Zweibeiner. Er liebte – wie Frauchen – auch alle Tiere und oft brachte er lustige Tiere mit nach Hause, weil die krank waren oder irgendwie gepflegt werden mussten. So wohnte bei uns der einäugige Karl – ein lustiges Tier, das sein Haus auf dem Rücken trug und Kopf und Füsse blitzschnell einziehen konnte. Oder die Kugelstachler oder die Riesenmaus – Frauchen nannte sie „Ratte" - ohne Schwanz...

Aber irgendwann – Buffy und Ziemzer waren nicht mehr bei uns – zogen wir in unser schönes Haus und ab dann wurde irgendwie alles anders. Herrchen fing an, viel an den Bitterflaschen zu saugen und war ganz viel nicht zu Hause. Frauchen war oft sehr traurig und machte oft mein Fell mit ihrem Augenwasser nass. Mein Meikel wurde von einem Brumsdings überfahren und ging über die Brücke. Dann kam da noch eine böse Frau und kurz darauf verliessen Frauchen und ich unser schönes Zuhause.

So lebten wir ab dann zu zweit ohne Herrchen. Frauchen lernte langsam wieder zu lachen und fröhlich zu sein.Manchmal besuchte uns eine liebe Zweibeinerin, die Tochter von Herrchen. Die kannte ich nicht so gut, aber sie war sehr lieb und schimpfte oft über ihren Papa. Der machte wohl mittlerweile Sachen, die man nicht tun sollte.

Irgendwann, eine sehr, sehr lange Zeit später – ich war schon über die Brücke gegangen – spürte ich das Frauchen sehr traurig war. Ich sah, dass sie zusammen mit der Herrchentochter an einem Bett saß. In dem Bett lag Herrchen mit ganz vielen Schläuchen. Er schien zu schlafen, aber ich sah, dass er schon auf dem Weg war...und dieser Weg würde schwer für ihn werden!

Frauchen strich ihm leise über die Wange und sagte: „Du hast mir das Herz herausgerissen, aber ich verzeihe Dir! Schlaf jetzt..."

Dann verließ er seinen Körper.

Nicht jeder Mensch, der seinen Körper verlässt, darf über die Brücke gehen. Drei Wege gibt es. Die Brücke, die Verdammnis und die Wanderung.

Durch die Vergebung von Frauchen wurde Herrchen die Chance gegeben, auf einer langen Wanderung nachzudenken und Vergebung zu erlangen. Und dann irgendwann über die Brücke zu gehen.

Und das war heute! Wir wurden zur Brücke gerufen und dann sahen wir ihn kommen. Buffy und Ziemzer liefen sofort zu ihm und er umarmte die beiden und schien sehr glücklich zu sein. Dann kam er zu uns und er kraulte Meikel und mich.

Dann machten wir uns gemeinsam auf den Weg zu der geheimen Brücke. Buffy und Ziemzer überquerten gemeinsam die Brücke zur ewigen Wiese. Meikel und ich winkten ihnen nach und gingen dann zurück. Wir werden auf Frauchen warten und gemeinsam mit euch allen über die Brücke gehen. Herrchen werde ich vielleicht besuchen..."

Ich fragte Hexe, warum ich nichts davon mitbekommen habe, dass Herrchen kommt. Ich habe den Regenbogen nicht leuchten gesehen.

Sie erklärte mir, das der Regenbogen nur für die leuchtet, die gerufen werden. Alle anderen können ihn nicht sehen.

Ich freue mich auf den Tag, wenn der Regenbogen für uns alle leuchtet und wir Frauchen wiedersehen. Aber das darf noch dauern, für uns hier hinter der Regenbogenbrücke gibt es das was ihr „Zeit" nennt, nicht.

Doch das ist eine andere Geschichte....

Gute Nacht, euer Teddy

29 DER EWIGE MOMENT

Hier ist heute eure Hexe. Teddy hat mir heute überlassen, euch die Geschichte von Herrchen und der Zeit zu erzählen...

Auf dem Weg zu der geheimen Brücke, wohin wir Herrchen mit Buffy und Ziemzer geleitet hatten,. hatte ich mich lange mit Herrchen unterhalten.

Wir sprachen über das, was ihr Zweibeiner „Zeit" nennt, und das, was Herrchen auf dem Weg hierher erlebt hatte.

Im Regenbogenland haben wir nicht das, was ihr „Zeit" nennt. Wir sind da und genießen das, was wir erleben dürfen. Wir müssen nichts. Niemand sagt uns, was wir tun sollen. Es gibt Regeln, aber die zu befolgen fällt nicht schwer. Es geht uns gut. Wir haben keine Schmerzen, keinen Hunger und wir werden niemals alt. Niemand kritisiert uns für das was war. Niemand sagt uns, was morgen sein muss, oder das was wir heute tun sollen.

Auf der Erde spielt „Zeit" eine große Rolle. Wir Tiere kommen ohne „Zeit" auf die Welt. Erst durch euch Zweibeiner lernen wir die „Zeit" kennen. Als – meistens – nichts so sehr Gutes...

Wenn wir zu euch zum Spielen oder Kuscheln kommen, hören wir sehr oft „nicht jetzt, ich habe keine Zeit". Oder wir schlafen tief und fest, ihr weckt uns obwohl wir gar nicht müssen oder wollen: „Aufstehen, es ist Zeit Gassi zu gehen“ oder „Aufstehen, Fresschenzeit“ obwohl wir keinen Hunger haben. Es gibt auch eine „Schlafenszeit“, „Arbeitszeit“, „Wartezeit“....für alles gibt es ! Zeit“.

Herrchen erzählte mir, dass er – als er in diesem „Krankenhaus“ mit vielen Schläuchen gefesselt war, die Zeit als zähe Masse empfunden hat. Er konnte sich nicht mit seiner Umgebung verständigen, bekam aber fast alles mit. Er sprach davon, dass er alles wie in „Zeitlupe“ wahrnahm. Das habe ich nicht verstanden, aber es schien sehr schlimm gewesen zu sein.

Er konnte die „Zeit“ nicht bestimmen, wie lange er so lag. Er merkte nur, dass etwas an ihm zog. Etwas, was ihm Angst machte. Die „Zeit“ schien langsam vor sich hin zu tropfen und die Angst vor dem was kommen könnte, wuchs. Wie er so lag, konnte er über sein Leben nachdenken und es war vieles dabei, auf das er nicht stolz war. Und jetzt musste er wohl mit den Konsequenzen rechnen.

Er spürte, wie das, was ihm Angst machte, das Leben aus ihm herauszog. Die Weißkittel an seinem Bett sagten, dass es wohl zu Ende ging. Es war „Zeit“ zu gehen...

So machte er sich bereit, diesen Körper zu verlassen und sich seiner Angst und dem, was auf ihn zukam, zu stellen.

Schon fast an der Klippe in die Dunkelheit angekommen hörte er von ganz weit Stimmen. Stimmen, die ihm bekannt vor kamen. Die eine erkannte er sofort: Michi, seine Tochter. Sie hatte er oft verletzt. Mit Worten, mit seiner Art...

Die andere rührte sein Herz. Er erkannte sie nicht sofort, aber dann wusste er, es war die Frau, der er das Herz mit seinen

Betrügereien herausgerissen hatte: Doris! Hatte sie ihm die Angst geschickt? Ein Recht hätte sie dazu. Er spürte, dass die beiden sich an sein Bett setzten. Jetzt würde die Abrechnung kommen und ihn in die Hölle schicken!

Michi saß an seinem Bett und weinte. Trotzdem, was er ihr angetan hatte. Sie trauerte um ihren Vater.

Aber dann fing die Stimme seiner Ex-Frau an zu erzählen. Einfach so. Von Urlauben, von wunderschönen Erlebnissen, die sie zu dritt hatten. Von lustigen Ereignissen. Von ihren Tieren. Von dem „Ziesel", das er mit nach Hause gebracht hatte und das sich als Wanderratte ohne Schwanz herausstellte.Von Krötenkarl, einer Schildkröte mit nur einem Auge, das den roten Fußnagel von Doris mit einer Erdbeere verwechselte, und immer da hineinbiss. Und, und, und.

So hörte Michi auf zu weinen und zuletzt lachten beide. Dabei streichelten die beiden immer seine Arme. Und er hätte so gerne mitgelacht. Aber dazu hatte er nicht mehr die Kraft. Aber er versuchte, den beiden ein Zeichen zu geben und bewegte seine Augen hinter den geschlossenen Lidern.

Doris bemerkte es und plötzlich hörte er auch den Arzt. Der meinte, dass niemand wußte, was Koma-Patienten mitbekommen. Aber das sei wohl ein letztes Aufbäumen des Lebens und es würde nicht mehr viel „Zeit" bleiben.

So ließ Doris ihre Stieftochter Michi mit ihrem Vater alleine um sich zu verabschieden. Nach einer „Zeit" kam sie und schickte Doris hinein. Er spürte, wie sie sich zu ihm setzte und sie streichelte leise seinen Arm. Dann sagte sie: „Schlaf jetzt, ich verzeihe Dir!"

Er spürte, dass er jetzt gehen konnte. Er hatte keine Angst mehr. Egal, was nun passieren würde.

Dann fand er sich auf einem Weg wieder. Nichts wovon man Angst haben musste. Einfach ein langer Weg in einer hügeligen Landschaft. Dort begann er seine Wanderschaft. Anfangs kam ihm der Weg endlos vor und die „Zeit“ zog sich unendlich. Doch dann ging er seinen Weg und hing einfach seinen Gedanken nach. Und er sah ein, dass er viele Fehler gemacht hatte. Die er nicht rückgängig machen konnte, aber die er bereute.

Und irgendwann hatte er einfach die „Zeit“ vergessen. Er ging seinen Weg und war zufrieden. Es zählte nur noch der ewige Moment!

Und dann war er plötzlich da: Der Regenbogen! Und eine lange Holzbrücke. Und an deren Ende standen seine geliebte Buffy mit ihrem „Ohrgehänge“ Ziemzer, die kleine vorwitzige Hexe und der wunderschöne Meikel. Und sie warteten auf ihn!

Zusammen wanderten sie über die Blumenwiese zu der kleinen geheimen Brücke. Gemeinsam mit Buffy und Ziemzer überquerte Herrchen die Brücke. Meikel und ich werden ihn besuchen und wenn irgendwann Frauchen über die Regenbogenbrücke kommt, werden die beiden sich auch wiedersehen.

30 DIE ERSTEN ZWEI...

Hallo, hier ist heute wieder euer Teddy.

Unsere Buffy und ihr Ziehsohn Ziemzer sind ja jetzt zusammen mit ihrem Herrchen über die geheime Brücke auf die ewige Wiese gegangen.

Dass die beiden gemeinsam ihr Herrchen an dem Regenbogen abholen konnten, war vorbestimmt. Aber ihr Wiedersehen war von Hindernissen geprägt. Die beiden wurden vor vielen Jahren auf der Erde getrennt und hatten sich vollkommen aus den Augen verloren.

Buffy hatte ja ihren Ziemzer als kleinen nervenden Babykater kennengelernt, ihn schnell in ihr großes Cockerherz geschlossen und den kleinen Kerl als Ziehsohn adoptiert.

Die beiden waren quasi unzertrennlich. Sie schliefen gemeinsam in Buffy´s Körbchen. Sie fraßen aus einem Napf und Ziemzer hängte sich mit seinen Krallen an die Buffyschlappohren und sie trug ihn durch die Gegend, bis er dafür zu groß und zu schwer wurde.

Als Ziemzer größer wurde, wollte er hinaus und die Welt erkunden. Da Frauchen und Herrchen in einem ruhigen Dorf wohnten, durfte er in die Freiheit. Er kam jeden Abend zurück und legte sich dann zu seiner Buffy. Oft brachte er ihr ein

Geschenk mit. Buffy war das gar nicht recht. Die ganze Zeit, wenn er draußen war, lag sie vor der Tür und wartete.

An einem Tag, als Ziemzer wieder spazieren war, lag sie wieder vor der Tür und wartete. Plötzlich sprang sie auf und fing wie verrückt an zu bellen. Sie sprang an die Tür und kratzte wie wahnsinnig an dem Türglas. Da klingelte es plötzlich an der Tür und draußen stand unsere Nachbarin ganz aufgelöst. Buffy schoss an ihr vorbei und war nicht zu halten. Die Nachbarin sagte ganz aufgeregt, dass unser Ziemzer von einem Mann eingefangen worden war und in einen weißen Transporter gebracht worden und dieser sofort weggefahren war.

Herrchen schnappte sich den Schlüssel für sein Brumsdings und rannte nach draußen. Er raste los, aber er konnte den Transporter nicht einholen.

Die Nachbarin hatte sich das Kennzeichen des Transporters aufgeschrieben und so fuhren Frauchen und Herrchen zur Polizei. Die lachten nur und meinten, ob sie jetzt eine Großfahndung für das Katzenviehch einleiten sollten.

Herrchen fuhr den ganzen Abend und die ganze Nacht die Gegend ab und suchte den weißen Transporter. Die beiden hängten überall Zettel aus mit dem Kennzeichen des Transporters. Auf diese Zettel meldeten sich über 10 Zweibeiner, deren Katzen an diesem Tag und in der Nacht verschwunden waren...

Katzenfänger! Nicht auszudenken, was mit unserem Ziemzer und den anderen Katzen passieren würde.

Buffy war vollkommen aufgelöst. Sie lag nur noch in dem gemeinsamen Körbchen oder vor der Tür und winselte. Sie aß nichts mehr und sie wollte nicht mehr Gassigehen.

Buffy trauerte. Sie war da schon ein altes Mädchen und von dem Verlust ihres Ziemzers erholte sie sich nicht mehr. Sie wurde krank und alle Bemühungen von Frauchen und Herrchen halfen nichts. Eines Tages lag sie wie jeden Tag vor der Tür und wartete auf ihren Ziemzer. Sie weinte leise und dann war sie plötzlich still. Ganz still! Sie war gegangen...

Frauchen und vor allem Herrchen trauerten schlimm um dieses unglaublich liebe Hundemädchen.

Buffy kam zum Regenbogen und am Ende der Brücke standen zwei fremde Hunde. Die erklärten ihr, dass Buffy jetzt zu ihrem Rudel gehörten, da sie das erste Tier von Herrchen und Frauchen war, das über die Brücke kam. Buffy war jetzt das, was hier oben Waisenkind heißt.

So blieb sie bei der Gruppe, es waren nur Hunde, da die Herrchen von ihnen keine Katzies mochten. Alles waren lieb zu ihr, aber irgendwie fühlte sie sich doch alleine.

Eines Tages kam die Rudelführerin zu Buffy und sagte ihr, dass sie zum Regenbogen gerufen worden wäre. Das verstand sie nicht, was sollte sie denn dort? Aber sie lief los und bald sah sie den Regenbogen in all seiner Pracht leuchten.

Sie stellte sich an das Ende der Brücke und wartete. Aber da kam nichts. Buffy wollte schon umdrehen und zurückgehen, sicher hatte man sie verwechselt...

Aber dann sah sie etwas Graues langsam über die Brücke kommen.

Ziemzer!

Die letzten Schritte rannte Ziemzer auf sie zu. Sie senkte den Kopf und Ziemzer hängte sich an ihre wunderschönen Schlappohren wie er es immer als Baby gemacht hatte.

Sie war so glücklich aber was machte ihr Ziemzer schon hier? Er war doch noch jung, er sollte noch nicht hier sein.

Gemeinsam setzten sie sich auf die Blumenwiese und Ziemzer fing an seine Geschichte zu erzählen:

„Ich war auf meiner Abendrunde und plötzlich kamen Zweibeiner und lockten mich mit etwas an, was sehr gut roch. Ich wollte eigentlich nicht, aber der Geruch war zu verlockend. Bevor ich an das Gutriechdings herankam, schmiss der eine etwas über mich und ich verhedderte mich total. Er schmiss mich in ein großes Rolldings, zerrte mich aus meinem Lappengefängnis und packte mich an den Ohren. Dann schnitt er mir meine Öhrlies ab. Das tat so weh und ich schrie vor Schmerzen. Er stopfte mich in eine Gitterkiste und kümmerte sich nicht mehr um mich. Dann rollte das Riesending auch schon los. Erst jetzt erkannte ich, dass um mich herum viele Gitterkisten waren und überall saßen Artgenossen. Manche riefen laut, manche waren still, aber ich konnte eines riechen: Angst!

Lange rumpelte das Ding durch die Gegend und ich hatte Schmerzen, schlimmen Hunger und noch mehr Durst. In einigen der Gitterkisten war es sehr still geworden.

Irgendwann kamen die Zweibeiner wieder herein und spritzten Wasser in die Gitterkisten. Gierig schleckte ich das Wasser vom Boden auf. Ich sah, dass sie einige der Kisten öffneten und die ganz stillen Artgenossen herausnahmen und einfach aus dem Brumsding schmissen.

Dann fuhren sie weiter. Nach einiger Zeit hielt unser Gefängnis plötzlich an und die große Tür wurde aufgerissen. Neben der Tür stand ein anderes Brumsdings und auf dessen Dach blinkte es wie verrückt. Es kamen mehrere Zweibeiner herein. Aber das waren andere, als die, die uns gefangen hatten.

Sie waren sehr lieb zu uns und den beiden weiblichen Zweibeinern lief ganz viel Wasser aus den Augen. Die eine sagte, dass man uns die Ohren abgeschnitten hatte, um die Tätowierung zu vernichten.

Unsere Peiniger wurden in das Brumsdings mit den Flackerlichtern geladen. Wir durften aus den schlimmen, schmutzigen Gitterdingern in schöne saubere Kästchen mit einer weichen Decke und Wasser und Fresschen.

Das eine Zweibeinermädchen, das uns gerettet hatte, sah mich und sagte mir, dass ich jetzt bei ihr wohnen würde. Das verstand ich nicht. Ich hatte doch Herrchen und Frauchen und vor allem meine Mama Buffy. Da wollte ich wieder hin!

Aber sie nahm mich mit in ihr Zuhause nachdem ich von einem Weissbefellten untersucht worden war und der meine kaputten Öhrlies versorgt hatte.

Sie hatte eine schöne Wohnung und ich hatte es sehr gut bei ihr. Sie nahm sich Zeit für mich, ich bekam leckeres Essen und wurde ganz viel gekuschelt.

Aber ich durfte nicht raus! Irgendwann vergaß sie, die große Tür, die auf das herausführte, was sie Balkon nannte, zu schließen. Ich schlich durch die Tür und hüpfte auf das schmale Mäuerchen, was mich von der Freiheit trennte.

Ui, das war aber sehr hoch! Aber da war gegenüber ein großer Waldbewohner – die Zweibeiner nennen es „Baum". Wenn ich zu dem rüberhüpfe, dann kann ich da runterklettern und endlich nach Hause laufen.

Ich visierte den Baum an und sprang. Aber ich verfehlte ihn und stürzte auf den harten Boden. Alles tat weh, ich konnte mich nicht mehr bewegen. Von oben hörte ich die liebe Zweibeinerin nur schreien „Lucky" - so hatte sie mich genannt. Dann war sie auch schon bei mir und nahm mich in die Arme. Wasser tropfte aus ihren Augen in mein Fell und sie brachte mich zu dem Weißbefellten, der mich schon einmal untersucht hatte. Der krabbelte an mir herum und dann sagte er, dass da nichts mehr zu machen sei, ich sei zu schwer verletzt. Die liebe Zweibeinerin nahm mich in ihre Arme und streichelte mich und dann spürte ich einen Pieks.

Das nächste, was ich sah, war die Brücke und dieser wunderschne Regenbogen.

Und jetzt bin ich wieder bei Dir!"

Die beiden gingen nicht zu der Hundigruppe zurück. Buffy war nun kein „Waisenkind" mehr. Die beiden waren die Begründer unserer Frauchengruppe.

Sie sind jetzt mit ihrem Herrchen vorausgegangen auf die ewige Wiese, aber irgendwann werden wir alle wieder zusammen sein.

31 GLÜCKLICHER HANIBAL

Hallo, hier ist euer Teddy aus dem schönen Land hinter dem Regenbogen.

Es war wieder so ein schöner Tag auf unserer Wiese. Hanibal und ich lagen gemeinsam im Gras und schauten zu, wie Blondie mit ihren vier Babys über die Wiese tollte. Ich bemerkte, dass Hanibal sehr still wurde und irgendwie traurig zu der kleinen Familie hinüberschaute. Dann legte er seinen Kopf auf seine Pfoten und seufzte leise.

Ich fragte ihn, warum es ihn so traurig machte, dass die vier sich hier gefunden hatten und nun zusammen glücklich sein durften.

Er antwortete lange nicht. Dann hob er seinen Kopf und sagte, dass er auch einmal so eine kleine Familie, mit der er glücklich war, hatte. Aber leider hielt sein Glück nicht lange an.

Er war schon einige Zeit in seinem Revier und auch in seinem schönen kleinen Häuschen bei Frauchen. Jeden Abend ging er zu Frauchen und holte sich dort sein leckeres Fresschen und er genoss es mittlerweile, wenn sie ihn am Kopf krabbelte. In letzter Zeit kamen beim Kopfkrabbeln oft so komische Laute aus seiner Kehle. Dabei kribbelte und vibrierte sein ganzer Körper. Es war ein schönes Gefühl!

Manchmal blieb er über Nacht in dem kleinen Häuschen. Hauptsächlich dann, wenn es kalt war und dieses weisse Zeug vom Himmel fiel. Wenn es warm war, streifte er Nachts durch sein Revier und schaute, dass alles in Ordnung war. Dann schlief er in einer verfallenen Höhle, in der viele Löcher in den Wänden waren und wo keine Zweibeiner hinkamen. Nur einmal waren Zweibeiner da, die sprachen von „Kriegsruine", „Granatenlöcher"und „Einsturzgefahr". Danach ließ sich keiner mehr von den Zweibeinern sehen. Hier fühlt er sich sicher!

Eines Tages war er gerade von seinem Rundgang zurück, er war satt vom Frauchenfresschen und wollte sich etwas ausruhen. Da hörte er aus einer Ecke der Höhle ein leises Rascheln. Sofort war er hellwach. Er schlich in die Ecke, aus der das Geräusch gekommen war. Je näher er kam, umso stärker wurde der unwiderstehliche Geruch: Ein Katzenmädchen!

Leise schlich er weiter. Und dann sah er sie. Eine wunderhübsche kleine Katze. Nicht schwarz und nicht braun, irgendwie ... bunt! Und sehr klein – eigentlich noch ein Baby. Ängstlich drückte sie sich in die Ecke und sah ihn mit riesengroßen Augen an. Und dann gab sie diese Töne von sich, die er schon tausendmal gehört hatte. Und sie rollte sich vor ihm am Boden. Und sie roch so gut...

Da konnte er sich nicht mehr beherrschen und er tat das, was er schon so oft getan hatte. Die Kleine schrie wie am Spieß und irgendetwas war anders.

Er hatte schon viele Katzenmädchen gehabt und niemals war er bei einer geblieben. Aber die kleine Dunkle rührte sein Herz an. So legte er sich in einiger Entfernung nieder und beobachtete sie. Die Kleine putzte sich und schaute ihn aufmerksam an. Dann schlich sie durch den Raum zu einem vertrockneten Flitzie und nagte daran.

Sie hatte Hunger!

So stand er auf und sagte ihr, dass sie ihm folgen soll. So richtig traute sie ihm nicht, aber der Hunger war dann größer. Sie folgte ihm und so kamen sie an die hohe Mauer, über die sie springen mussten, um zu Frauchen zu kommen. Sie war zwar etwas schwach, aber schließlich schaffte sie es auf die große Platte. Dann mussten sie noch über zwei Mauern klettern und schon konnte er es riechen: Frauchen hatte das Fresschen schon rausgestellt.

Er ging die kleinen Plättchen hinauf und da standen schon seine Steinchen mit leckerem Fresschen. Und Frauchen hatte die durchsichtige Wand geöffnet und saß da und streckte ihm ihre Vorderpfote entgegen um ihn zu krabbeln. Aber er musste jetzt an seine neue Gefährtin denken!

So blieb er stehen, sah Frauchen an und grollte leise. Er würde ihr nichts tun, aber heute sollte sie gehen!

Frauchen verstand, dass er heute nicht gestreichelt werden wollte und ging in die Höhle und machte die durchsichtige Wand zu.

Dann rief er seine kleine Gefährtin hoch. Ganz langsam und vorsichtig kam sie und dann fraß sie alle Steinchen Ratzeputz leer. Und das leckere weisse „Milchie" schleckte sie bis auf den letzten Tropfen leer. Jetzt hatte er nichts mehr, aber das war im Moment egal.

Da öffnete sich leise die durchsichtige Wand und die Kleine raste die Brettchen hinunter. Aber Frauchen stellte noch ein großes Steinchen mit Fresschen aus der Höhle hinaus. So konnte er sich auch sattessen und seine kleine Gefährtin kam auch noch einmal und schleckerte noch von dem Milchie.

Nun gingen sie jeden Tag gemeinsam zu Frauchen und immer stand genug für beide da. Und seine kleine liebe Gefährtin, die von Frauchen „Schildie" genannt wurde, aß immer mehr. Und sie wurde immer runder. Das Springen über die große Mauer fiel ihr immer schwerer.

Sie ließ sich mittlerweile auch von Frauchen krabbeln und schien das sehr zu genießen. Frauchen sprach an einem Abend beim Krabbeln mit dem schwarzen Knochen und sagte „das sich da was bewegt" und dass die Kleine Schildie „Schwanger" sei.

Dann stand plötzlich am nächsten Abend ein Gitterkasten, in dem Futter war, auf der Futterplatte. Das kannte er, in so einem Ding sollte er einmal von Zweibeinern gefangen werden. Er warnte seine Gefährtin und so kamen sie nur noch spät in der Nacht.

Eines Abends wollte seine Gefährtin nicht aufstehen und zu Frauchen mitgehen. Sie fauchte ihn an und schien Schmerzen zu haben. Na gut, dann würde er eben alleine zu Frauchen gehen. Wenn sie Hunger hätte, könnte sie ja nachkommen!

Nachdem er bei Frauchen alle Steinchen leergegessen hatte, streifte er seit langem wieder einmal alleine durch sein Revier.

Als er wieder in die Höhle zurückkam, hörte er aus der Schlafecke ein leises Fiepen. Aber das war nicht seine Gefährtin. Das war anders!

Er kam näher und da sah er am Bauch von Schildie zwei winzige Fellwürmelies. Was war denn das? Züchtete Schildie jetzt Futter?

Er ging näher und da sah er den Blick von seiner Gefährtin. Der sagte: Bleib stehen, komm nicht näher!

So legte er sich in einiger Entfernung hin und beobachtete die drei. Die zwei kleinen nuckelten an seiner Gefährtin und sie schien das zu genießen. Aber sie schien auch sehr schwach zu sein. Kaum konnte sie den Kopf heben um die Kleinen sauberzumachen.

Nun betrachtete er die Kleinen etwas genauer. Die eine war rabenschwarz, die andere sah aus wie ihre Mama – bunt.

Mama Schildie wurde immer schwächer. Er versuchte, Futter in die Höhle zu schleppen und fing Flitzies, Flatterer und anderes Getier um seine Gefährtin zu füttern. Die Kleinen wollten immer nur an die Nuckelies ihrer Mama und fanden die oft fast leer vor. Mama und Babys wurden immer schwächer.

An dem Tag, an dem die beiden Babys die Äuglein zum ersten Mal öffneten, wurde die kleine Mama immer schwächer. Sie schob die beiden Kleinen zu ihrem Papa und der schleckte die beiden ab.

Da hörte die Mama auf zu atmen und die Verantwortung für die beiden lag nun bei Hanibal.

Hanibal legte nun seinen Kopf wieder auf seine Pfoten. Ich merkte, dass er heute nicht mehr weitererzählen wollte.

Tschüss, bis morgen! Euer Teddy

32 PAPA HANIBAL

Hier ist wieder euer Teddy und ich versuche jetzt, Hanibal dazu zu bewegen, die Geschichte von seinen Kindern weiterzuerzählen.

Nachdem er sich ausgiebig gereckt hat, fängt er an weiterzuerzählen:

„Nachdem meine Schildi – wie Frauchen sie genannt hatte – für immer eingeschlafen war, hatte ich die Verantwortung für meine beiden kleinen Mädchen. Ich musste sie irgendwie satt bekommen. Sie sollten nicht auch noch für immer von mir weggehen.

So fing ich kleine Flitzies und legte sie den Kleinen hin. Die wussten aber überhaupt nicht, was sie damit anfangen sollten. Da riss ich die Flitzies auf und bot den Kleinen das weiche Innere an. Da schleckten sie daran herum aber so richtig schien es ihnen nicht zu schmecken. Gut dass in den letzten Tagen so viel Wasser vom Himmel gefallen war. Da hatten sich in unserer Höhle kleine Seen gebildet. Die zeigte ich den kleinen Mädchen und sie tranken wenigstens das Wasser. Aber sie waren dauernd bei mir und versuchten, an meinem Bauchi Nuckelies zu finden. Aber da war nun mal nichts. Ich überlegte und überlegte und die Kleinen wurden immer stiller und hüpften nicht mehr durch die Gegend.

Sie würden mich auch verlassen! Ich konnte mein Versprechen, das ich meiner Gefährtin gegeben hatte, nicht halten!

Da kam mir der rettende Gedanke: Frauchen! Ich musste sie zu Frauchen bringen, da würden sie Fresschen bekommen und würden überleben und bei mir bleiben!

Aber wie sollte ich die Kleinen zu Frauchen bringen? Es war ein weiter Weg und vor allem war da die sehr hohe Mauer und der weite Weg über mehrere kleine Mauern und die große Platte. Die Kleinen waren jetzt schon etwas größer und ich war auch nicht mehr so stark, weil ich ja die ganze Zeit nicht zu Frauchen gehen konnte.

Ich sagte den Kleinen, dass sie mir folgen sollten. Sie bewegten sich mittlerweile schon sehr langsam und krochen hinter mir her zu der großen Mauer.

Oh je, heute kam mir die Mauer noch viel höher vor als sonst. Aber ich musste es versuchen! So sagte ich der kleinen Bunten, dass sie sich hinlegen und auf mich warten soll. Dann biss ich der Schwarzen ins Genick, wie ich es bei meiner Gefährtin gesehen hatte. Sofort hörte sie auf sich zu bewegen und ich dachte schon, ich hätte sie totgebissen. Aber sie hatte die kleinen Äuglein offen und ich sah, dass sie lebte.

Ich hatte nur einen Versuch. Also spannte ich meine Muskeln an und sprang. Und ich schaffte es! Ich landete mit der Kleinen im Mund auf der Platte! So lies ich sie auf den Boden und sie legte sich ab. Dann hüpfte ich die Mauer wieder hinunter und wiederholte die Prozedur. Dieses Mal schaffte ich es nur ganz knapp. Fast hätte ich die Kleine Fallengelassen. Ich war doch ziemlich schwach geworden...

Nun mussten wir noch den weiten Weg über die kleinen Mauern und die große Platte schaffen. Aber die beiden Mädels wussten offenbar, dass sie es bewältigen mussten um zu überleben. Sie blieben an meiner Seite und über die beiden kleinen Mauern trug ich sie im Maul.

Dann roch ich es: Fresschen! Frauchen hatte mich nicht vergessen! Obwohl ich nun schon lange nicht mehr bei ihr war, hatte sie meine Steinchen mit Fresschen auf die Platte gestellt!

Nun nur noch die Brettchen hoch und wir waren am Ziel. Hinter der durchsichtigen Wand war es dunkel, aber auf der kleinen Platte davor waren meine Steinchen mit leckerem Fresschen und mit dieser leckeren Milchie. Meine Kleinen waren zuerst sehr vorsichtig, aber dann machten sie sich über die Steinchen her. Zuerst tranken sie das Steinchen mit dem Milchie aus, dann wurden die anderen beiden Steinchen mit dem Fresschen leergegessen. Ich hielt mich zurück obwohl ich auch so viel Hunger hatte. Aber meine Kleinen gingen vor!

Plötzlich bemerkte ich eine Bewegung hinter der durchsichtigen Wand. Frauchen war da! Sie öffnete leise die Wand und ich knurrte sie an. Und sie verstand, dass ich es nicht böse meinte, sondern dass ich meine Kleinen schützen musste.

So lies ich meine beiden Töchter aufessen und dann machten wir uns auf den Weg in unsere Höhle. Wieder trug ich die beiden über die zwei kleinen Mauern und dann mussten wir wieder die hohe Mauer hinunter. Hoffentlich ging das genauso gut wie auf dem Hinweg. Wieder fing ich mit der kleinen Schwarzen an und wir kamen gut unten an. Genauso mit der Bunten. Dann brachte ich sie in unsere Höhle und die beiden kuschelten sich zusammen und schliefen satt und zufrieden ein.

Jetzt hatte ich so richtig großen Hunger! Ob ich es noch einmal bei Frauchen versuchen sollte? Aber die Kleinen hatten ja alles aufgegessen...aber vielleicht...

So ging ich noch einmal zurück und wieder roch ich es schon von Weitem...Fresschen! Bildete ich mir das vielleicht nur ein? Nur noch die Steinchen hoch und dann sah ich es: Die Steinchen waren alle wieder voll! Und hinter der durchsichtigen Wand war es hell. Ich setzte mich an die Steinchen und aß alles auf. Da ging die Wand auf und Frauchen saß vor mir auf dem Boden und streckte ganz leise ihre Hand nach mir aus. Da merkte ich, wie müde ich war. Ausruhen, nur einen Moment ausruhen bevor ich wieder zu den Kleinen zurückging.

Langsam ging ich zu Frauchen und legte meinen Kopf in ihre Hand. Sie kraulte ganz sanft meinen Hals und es tat mir so gut. In meiner Kehle stieg wieder dieses Vibrieren und Brummen hoch und ich genoß diesen Augenblick.

Dann fielen mir meine Kleinen ein. Ich musste zurück! Aber vielleicht durfte ich ja meine Kleinen nun zu Frauchen bringen? Dann hätten wir eine Chance, die Mädchen durchzubringen!

Am nächsten Abend machten wir uns wieder auf den Weg. Die beiden waren schon munterer als am Abend zuvor aber sie ließen sich widerstandslos über die Mauern tragen. Und wieder konnten wir es schon riechen: Fresschen!

Die kleinen hopsten nun schon die Brettchen hoch und machten sich sofort über die gefüllten Steinchen her. Und es war viel mehr, als am Tag zuvor. Vor allem viel mehr von der Milchie! Die beiden aßen alles Ratzputz leer und ich passte auf sie auf. Dann brachte ich sie zurück in unsere Höhle und die beiden schliefen sofort ein. Dann ging ich zurück zu Frauchen und auch heute waren die Steinchen wieder für mich gefüllt. Und auch heute kam Frauchen zu mir und ich legte wieder meinen Kopf in ihre Hand.

So machten wir das einige Zeit und die beiden Kleinen wuchsen und wurden immer munterer. Eines Abends, ich war gerade mit der Schwarzen die Mauer hochgehüpft, stand da plötzlich die Bunte neben mir! Sie war ganz alleine die hohe Mauer hochgehüpft! Ich konnte es kaum glauben, meine Kleine! Die anderen beiden Mauern hüpften beide ohne meine Hilfe und am nächsten Abend versuchte es auch die Schwarze und auch sie schaffte es!

Meine Mädels waren nun richtig fröhliche kleine Kitten. Sie hüpften durch die Gegend und ich musste ständig auf sie aufpassen. Immer stellten sie etwas an. Immer wollten sie beschäftigt werden. Jeden Abend gingen wir gemeinsam zu Frauchen. Aber der Weg dahin wurde immer anstrengender. Die beiden hüpften über die Platte, auf der sich kleine durchsichtige Löcher befanden. Ich musste ständig aufpassen, dass nicht eine von ihnen da rein fiel. Das war sehr anstrengend!

An einem Abend hüpften wir die Plättchen hinauf und oben stand etwas, was ich kannte: Ein Kasten mit lauter Stäbchen. In dem Kasten waren die Fresschensteinchen.

Halt, das kannte ich! Da fingen die Zweibeiner uns Fellnasen. Da musste man aufpassen! Also trieb ich meine Kleine die Brettchen wieder hinunter!

Aber die quengelten, sie hatten Hunger.

Und warum sollte ich sie nicht lassen? Es würde ihnen scher nichts böses passieren, die Kästen rochen nach Frauchen und die würde ihnen nichts tun!

Also lies ich die beiden die Brettchen hochlaufen und die Schwarze ging sofort in den Kasten und – peng – ging eine Klappe zu und die Kleine war gefangen. Die Bunte und ich erschraken und rannten die Brettchen hinunter und über die Platte zu unserer Höhle. Aber die Schwarze war gefangen...

Am nächsten Tag nervte mich die kleine Bunte so lange, bis wir wieder zu Frauchen gingen. Da stand wieder der Gitterkasten. Aber die kleine Schwarze war nicht mehr da. Und die Bunte hatte Hunger. Sie hörte nicht auf meine Warnung und ging langsam in den Kasten.

Und Peng – wieder war die Klappe zu! Sie tobte wie eine Wilde in der Kiste herum und plötzlich ging die durchsichtige Wand auf und Frauchen kam heraus. Sie legte ein Tuch über den Kasten und die keine Bunte war sofort still.

Ich war einen Teil der Brettchen hinuntergegangen. Frauchen drehte sich zu mir herum. Sie sagte, dass die Kleinen in Sicherheit seien und dass sie bei ihr wohnen dürften.

Ich drehte mich herum und zum ersten Mal seit sehr langer Zeit konnte ich wieder in meinem Revier umherstreifen und schauen, ob alles in Ordnung ist.

Ich fühlte mich plötzlich frei! Es war schön, für die Kleinen da zu sein, aber Frauchen konnte das sicher besser, so wie es meine Gefährtin besser gekonnt hätte.

Dann ging ich zurück zu Frauchen und wie immer standen da meine Steinchen. Und so blieb es auch. Manchmal sah ich meine Mädels hinter der durchsichtigen Wand und ich wusste, dass es ihnen gut ging. Da war so ein dickes liebes Katzenmädchen, die kümmerte sich um die Kleinen.

Ich hatte viele Kämpfe in meinem Leben, aber dieser „Kampf" war der anstrengendste bis dahin! Aber es hat sich gelohnt!

Das kleine bunte Mädchen -Frauchen hat sie Mausi genannt – ist bei uns in der Gruppe und ich kann sie besuchen. Sie wurde von einem bösen Tier totgebissen und ist nun bei uns auf der Wiese. Die Schwarze ist noch auf der Erde und wohnt als Einzelprinzessin bei lieben Freunden von Frauchen, weil sie nach dem Tod von Mausi keine anderen Katzies mehr leiden mochte."

Hanibal stand nun auf und ging einfach weg. Das machte er oft. Er streifte sehr oft alleine über unsere Wiese und ich glaube, er suchte seine Gefährtin Schildie.

Aber das wird sicher eine andere Geschichte.

Gute Nacht, euer Teddy

33 SCHILDIE

Hallo, hier ist euer Teddy.

Als Hanibal seine Geschichte zu Ende erzählt hatte, ist er einfach verschwunden. Viele Tage und Nächte kam er nicht mehr in unsere Gruppe zurück und wir vermuteten, dass er sich einer anderen Gruppe angeschlossen hatte. Obwohl sich das keiner von uns vorstellen konnte, schließlich war ja seine Tochter, die hübsche bunte Mausi bei uns und obwohl er nie mit ihr kuschelte, war er immer in ihrer Nähe.

Aber sicher würde er wieder zu uns kommen. Zeit war ja bei uns kein Thema. So genossen wir unsere schöne Wiese, das warme Wetter. Spielten, dösten, wanderten, erzählten uns Geschichten. Kurz: Wir ließen es uns gut gehen.

Und dann kam der Tag an dem Hexe und ich wieder einmal über die Wiese gingen und unseren Poco in seiner Herde besuchen wollten. Das war ein sehr weiter Weg, aber bei uns spielte ja Zeit keine Rolle.

So wanderten wir gemütlich über die Blumenwiese und konnten schon von Weitem die Staubwolke von Poco´s Herde sehen.

Doch plötzlich blieb Hexe stehen und schaute in die andere Richtung.

In ziemlich weiter Entfernung konnte ich zwei Artgenossen sehen. Einer war sehr groß und sah sehr aus wie Hanibal. Der oder die andere war klein, zierlich und dunkel.

Hanibal und Schildie? Hatte er sie gefunden?

Wir legten uns ins Gras und warteten auf die zwei. Und sie kamen näher und wirklich: Es war Hanibal und seine kleine Gefährtin Schildie. Sie war wirklich wunderhübsch! Sehr klein und zierlich. Dass sie die Geburt der beiden Kleinen so lange überlebt hatte, war ein Wunder. Sie war ja selbst fast noch ein Baby. Aber die Gesetze der Straße auf der Welt da unten waren sehr grausam!

Dann kamen die beiden bei uns an und wir fühlten, wie glücklich unser großer Haudegen war. Die kleine Schildie kuschelte sich an ihn und unser grimmiger Hanibal genoss es sichtlich.

Wir begrüßten die kleine Schildie herzlich in unserer Gruppe.

Die Kleine legte sich ins Gras und schnupperte an einem Blümchen. Nachdenklich begann sie zu erzählen.

„So lange ich denken kann, war ich immer alleine. Schon als ich ganz klein war mochte mich niemand. Zu essen nahm ich das, was die Zweibeiner wegwarfen oder was ich unterwegs fand. So blieb ich auch ziemlich klein und dass mich niemand mochte, lag sicher daran, dass ich so furchtbar hässlich bin.

Irgendwann kam ich auf meiner Wanderung zu einem großen Platz an dessen Rand es aus einem dieser Zweibeinerhöhlen sehr lecker nach Fresschen roch. Aber es roch auch nach einem Kater. Es musste ein großer Kater sein, denn es roch sehr stark. Sollte ich es trotzdem wagen und dem leckeren Geruch folgen?

Die Entscheidung wurde mir schnell abgenommen.Wie aus dem Nichts stand plötzlich dieser riesige Kater vor mir. Oh je, jetzt würde ich gleich wieder verhauen und danach wieder einmal vertrieben werden.

So duckte ich mich und wartete, dass der Kater über mich herfiel. Aber da kam nichts...

Vorsichtig schaute ich in Richtung Kater und der sass nur da und beobachtete mich. Dabei schnupperte er in meine Richtung.

Schon seit ein paar Tagen war mir komisch zumute. Irgendwie hatte ich Schmerzen, die aber doch keine Schmerzen waren. Und ich hatte dauernd den Drang, mich herumzurollen.

Ohne es eigentlich zu wollen, rollte ich mich vor dem Kater hin und her und streckte ihm mein Hinterteil entgegen. Da grollte er ganz tief und machte dann etwas mit mir, was schlimm wehtat. Und er war so schwer. Hätte er mich doch lieber verhauen, das wäre nicht so schlimm gewesen. Aber selbst als er nicht mehr auf mir herumtrampelte kam er nicht los von mir. Sein Hinterteil hing an meinem Hinterteil und irgendetwas steckte in mir und hielt uns zusammen. Ich schrie vor Schmerzen und irgendwann kam ich von ihm los.

Und jetzt würde er mich sicher vertreiben!

Aber er saß ein Stück von mir weg und schaute mich an. Dann kam er langsam näher und ich duckte mich wieder und wartete auf die Prügel. Doch ich spürte, dass er mich abschnupperte und dann schleckte er ganz sanft über meinen Kopf. Das konnte ich nicht glauben, sollte dieser Riesenkater, der mir eben noch so weh getan hatte, mich etwa mögen?

Er legte sich neben mich und ich wagte es, mich an ihn zu kuscheln. So lagen wir eine Weile zusammen. Aber ich hatte so schlimmen Hunger und dieser wunderbare Geruch nach Fresschen lag in der Luft. Das schien dieser Riese zu spüren und er stand auf und bedeutete mir, ihm zu folgen. Ich vertraute ihm und ging hinter ihm her. Er hüpfte eine Wand hoch und wartete oben, bis ich ihm folgte. Dann stieg er kleine Brettchen hoch und der leckere Geruch kam immer näher. Doch da war noch ein Geruch: Zweibeiner! Ich blieb stehen und traute mich nicht weiter. Zu oft hatte ich die Füße von Zweibeinern an meinem Körper gespürt.

Aber der Riese hatte keine Angst und ging weiter die Brettchen hoch. Oben angekommen, sah ich die Steinchen. Aber ich sah auch ein Loch in der Wand und dort roch es extrem nach Zweibeinern. Und dann sah ich sie: Eine große Zweibeinerin! Sicher würde sie mich jetzt die Brettchen hinunter werfen. Und den Riesen auch!

Aber sie stand in dem Loch zu der Höhle und ich konnte dort auch Artgenossen riechen. Sie schien aber gar nicht böse auf mich zu sein. Sie nannte den Riesen „Hanibal“ und fragte ihn, was er denn für eine Schönheit mitgebracht hätte. Wen sie wohl meinte, es war doch nur ich mit dem Hanibalkater gekommen. Der Riese, der wohl Hanibal hieß, grollte sie leise an und da ging die Zweibeinerin in die Höhle zurück.

Hanibal zeigte mir nun die Steinchen. Ich konnte es nicht glauben, so viel leckeres Fresschen! Und dann war da noch ein Steinchen mit ganz komischem Wasser. Bis jetzt hatte ich meistens aus Pfützen getrunken, aber das Wasser hier war ganz anders! Ich konnte nicht durchgucken und es schmeckte so lecker! Das habe ich ganz und gar ausgeschleckt. Auch die anderen Steinchen habe ich leergegessen. Dann bekam ich plötzlich ein schlechtes Gewissen. Ich hatte alles aufgegessen und Hanibal nichts übriggelassen. Aber es schien ihm nichts auszumachen.

Er ging voraus die Brettchen wieder hinunter und ich sollte ihm folgen. Es war ein recht weiter Weg und ich spürte, dass ich sehr müde war. Es ging eine hohe Wand hinunter und dann waren wir bei einer Höhle, die wohl schon lange von Zweibeinern verlassen waren. Dort war alles ziemlich kaputt, aber Hanibal hatte sich hier eine Höhle eingerichtet.

Ich hatte nun zum ersten Mal in meinem Leben einen Gefährten. Wir streiften gemeinsam durch die Gegend und jeden Abend besuchten wir die Zweibeinerin. Es war nun jeden Abend genug Fresschen und dieses leckere weiße Wasser für uns beide da. Die Zweibeinerin stand nun auch jeden Abend an dem Loch zur Höhle und sprach mit leiser Zweibeinerstimme mit uns. Es hörte sich fast an wie Schnurren. Und immer wieder sagte sie „Schildie“ und streckte mir so ein langes Dings, was sehr lecker roch, entgegen. Ich traute mich nicht, aber mein Gefährte Hanibal ging dann zu ihr und nahm ihr das Dings aus der Pfote und aß es auf. Dabei lies er zu, dass ihn die Zweibeinerin am Kopf krabbelte.

Nach ein paar Tagen begriff ich, dass mit „Schildie“ ich gemeint war! Ich hatte einen Namen! Und ich traute mich, so ein langes Dings aus ihrer Pfote zu nehmen. Am Kopf krabbeln lies ich mich aber nicht.

Es ging mir so gut! Das allererste Mal in meinem Leben. Aber irgendetwas war komisch! In mir! Da waren ganz komische Gefühle und irgendwann spürte ich, dass sich in mir etwas bewegte.

An einem Abend merkte ich, dass da etwas aus mir raus wollte. Mir ging es gar nicht gut. Hanibal wollte zum Fresschen gehen, aber ich knurrte ihn an und wollte nur alleine sein. Er wanderte los und da fingen schlimme Schmerzen an. Und dann ging alles sehr schnell. Ich drückte und drückte und da kam etwas aus mir raus. Ich schaute es an und biss diese Haut auf und schleckte das kleine nasse Bündel sauber. Dann biss ich diese lange Schnur durch und aß diese Haut und das was hinter dem Bündel raus kam auf. Es war etwas, was so aussah wie ich und komisch fiepte. Ich legte mich auf die Seite und dieses kleine Wesen krabbelte zu einem der vollen Nuckelies und fing an zu saugen. Das war ein schönes Gefühl!

Aber dann gingen die Schmerzen wieder los und die ganze Prozedur wiederholte sich. Dieses Mal war es ein rabenschwarzes Bündel. Auch sie machte ich sauber und dann lagen sie beide an meinen Nuckelies.

Ich spürte, dass ich sehr, sehr müde war und mich die Geburt meiner Töchter unheimlich angestrengt hatte.

Da kam Hanibal in die Höhle und schaute die Kleinen an. Ich knurrte ihn an und warnte ihn, etwas Dummes zu tun.

Nun konnte ich nicht mehr zu der Zweibeinerin zum Fresschen gehen und ich spürte, dass ich immer schwächer wurde. Mein Gefährte brachte immer Fresschen für mich. Flitzies, Flatterer, kleine Hoppeler. Aber oft war ich einfach zu schwach zum essen und meine Nuckelies wurden immer leerer. Die Kleinen fiepten oft vor Hunger und ich hatte Angst, dass sie nicht leben würden.

Hanibal biss die kleinen Fresschentiere klein und versuchte, dass die beiden Babies davon aßen.

Aber die schleckten nur ein wenig und suchten immer wieder die Nuckelies. Aber die waren fast leer.

Ich lag nur noch in meiner Ecke und wusste, dass ich nicht mehr lange da sein würde und dann würden auch meine Kleinen sterben. An diesem Tag öffneten die beiden die Äuglein. Und sie kamen zu mir und schleckten mich ab.

Hanibal kam zu uns und legte sich neben mich und schleckte die beiden Babies ab. Da wusste ich, dass ich nun gehen konnte. Mein Gefährte würde sich um unsere Töchter kümmern.

So verließ ich die Höhle und konnte schon den Regenbogen sehen. Ich ging über die Brücke und auf der anderen Seite stand eine wunderschöne große Katze sie sagte mir, dass ich mit ihr gehen solle, weil niemand auf der Wiese alleine sein sollte.

Wir waren viele Katzen und es war eine schöne Zeit. Aber immer musste ich an meinen ersten und letzten Gefährten Hanibal und meine kleinen Mädchen denken.

Vor einem Tag nun saß ich wieder einmal alleine unter meinem schönen Baum bei den lustigen große Wiehieehieee Tieren. Da stand er plötzlich neben mir. Wie damals. Aus dem Nichts.

Ich stand auf und gemeinsam liefen wir los. Wir waren endlich wieder zusammen. Und irgendwann würde ich auch meine Töchter wiedersehen... „

Hanibal hatte die ganze Zeit neben seiner Schildie gelegen und ab und zu hatte er ihr leise über das kleine Köpfchen geschleckt.

Nun kam auch Poco zu uns und wir alle durften uns auf seinen Rücken setzen und er trug uns nach Hause.

Als wir ankamen, warteten schon alle auf uns und Poco legte sich auf die Seite um uns absteigen zu lassen.

Da löste sich eine zierliche kleine Katze aus der Gruppe. Sie war – bunt!

Hexe ging zu Schildie und sagte zu ihr: „Darf ich vorstellen: Deine Tochter Mausi!“

34 DAS BUNTE MAUSI

Hallo, hier ist wieder euer Teddy.

Gestern war ein wunderschöner Tag. Unser Hanibal hatte seine kleine Gefährtin Schildie nach langer Suche gefunden und als wir gemeinsam mit Hexe zu unserer Frauchengruppe zurückkamen konnten wir Schildie auch noch ihre Tochter Mausi, die kleine bunte Schönheit, vorstellen.

Schildie schleckte die Kleine ab und legte sich dann ganz dicht zu ihr. Das kleine Mausi kuschelte sich ganz dicht an ihre Mama. Und auch der Kämpfer Hanibal legte sich zu den Beiden und gemeinsam schliefen sie ein.

Als die drei erwachten, wollte Schildie von Mausi wissen, warum sie schon hier war und wie es ihrer Schwester ergangen war. Die Kleine kuschelte sich wieder an ihre Mama und wir setzten uns um die kleine Familie und waren gespannt auf Mausis Geschichte.

Und die Kleine fing an zu erzählen:

„Unsere Mama war ja irgendwann ganz still geworden und Papa hat uns erzählt, dass sie jetzt ganz lange schlafen würde. Wir hatten großen Hunger und Papa brachte uns komische kleine Tiere mit. Daran haben wir herumgeschleckt, aber so richtig satt wurden wir nicht. Anfangs haben wir noch versucht, an den

Nuckelies von Mama Nahrung zu trinken, aber die war ganz kalt und da kam nichts heraus. Sie schien wirklich ganz tief zu schlafen...

Wir wurden auch immer müder und wollten irgendwann nur noch schlafen. Da kam unser Papa und sagte uns, dass er uns jetzt zu leckerem Fresschen bringen.

Er ging aus unserer Höhle hinaus und sagte, dass wir ihm folgen sollten. Eigentlich waren wir viel zu müde und wollten schlafen. Aber er wurde richtig böse und so gingen wir ihm hinterher. Es war sehr anstrengend und wir hatten ganz großen Hunger. Da kamen wir an eine ganz hohe Wand und Papa blieb davor stehen.

Er nahm meine Schwester zwischen die Zähne. Oh je, jetzt würde er uns sicher nacheinander aufessen. Aber ich war so müde. Es war mir egal.

Aber er hob den Kopf mit meiner Schwester im Maul und sprang diese ganz hohe Wand mit ihr hoch. Dann kam er wieder zu mir herunter gesprungen, nahm mich ins Maul und sprang. Und wir kamen direkt neben meiner Schwester an. Wir standen nun auf einer riesengroßen Platte. Papa lief voran und wir bemühten uns, hinterher zu kommen. Dann kamen wir noch an andere Mauern über die uns Papa wieder in seinem Maul trug. Es war eine ganz fremde Welt. Alles war so hell. Ganz viele Gerüche, die wir nicht kannten. Bis jetzt waren wir ja nur in unserer Höhle und kannten sonst nichts. Als wir schon fast nicht mehr weiterlaufen konnten,, kamen wir an viele Brettchen, an deren Ende etwas sehr gut roch. Aber die Brettchen waren sehr hoch und wir waren so sehr müde. Doch Papa befahl uns, diese Brettchen hinaufzugehen. So schlichen wir denn mit letzter Kraft hoch und oben waren Steinchen, in denen Sachen drin waren, die sehr gut rochen und

Papa sagte uns, dass wir jetzt essen sollten. Vorsichtig schleckte ich bei dem ersten Steinchen. Oh, das war sooo lecker und Schwesterchen kam zu mir und gemeinsam schleckerten wir das Steinchen leer. Aber da waren ja noch mehr Steinchen. Wir machten uns über die Steinchen her und aßen alles leer. In dem letzten Steinchen war etwas, was schmeckte wie das, was in den Nuckelies von Mama war. Das schleckten wir auch noch leer.

Da hörten wir Papa leise brummen. Etwas schien nicht in Ordnung zu sein und wir schauten hoch. Da stand ein riesiges Tier auf zwei Beinen in einem Loch und schaute uns an. Oh je, das würde uns jetzt sicher aufessen. Aber das Riesentier hatte sicher Angst vor Papa. Als der gebrummt hatte, ist es in dem Loch verschwunden.

Papa sagte uns, dass wir jetzt in unsere Höhle zurück gehen würden. Er ging voraus und an der hohen Wand nahm er uns wieder ins Maul und hüpfte mit uns wieder da hinunter. Dann brachte er uns in unsere Höhle und wir schliefen sofort ein.

Wir gingen nun jeden Tag den langen Weg und jeden Tag standen da noch mehr Steinchen mit leckerem Fresschen. Und immer stand da für jeden von uns auch ein Steinchen mit dem leckeren Nuckelies-Saft. Das Riesentier war auch immer da. Aber das schien nicht gefährlich zu sein. Es machte komische Töne und Papa schien es auch irgendwie zu mögen. Das Riesentier hielt lange Gutriechstäbchen in der Pfote und streckte sie Papa hin. Die rochen ganz lecker und Papa nahm die Stäbchen aus der Pfote und sie schienen ihm zu schmecken. Auch uns hielt das Riesentier, von dem Papa sagte, dass es ein Frauchen sei, diese Stängelchen hin. Wenn Papa die aß, würden die doch auch uns schmecken. So nahm ich ganz vorsichtig das Stängchen aus der großen Pfote. Komisch, dass an dieser Pfote gar kein Fell war...

Wir waren nun gar nicht mehr so müde. Wir spielten ganz viel und wollten auch immer gerne mit Papa schmusen. Aber das machte er nicht so gerne.

An einem Abend gingen wir wieder zu der hohen Mauer und Papa war gerade mit Schwesterchen hochgehüpft. Ich schaute da hinauf und dachte mir, was Papa kann, müsste ich doch auch können. So nahm ich allen Mut zusammen und sprang. Und ich konnte mich mit den Vorderpfoten oben an der Wand festhalten und zog mich hoch. Und schwupps, stand ich neben Papa und Schwesterchen. Ich glaube, Papa war ziemlich stolz auf mich.

Am nächsten Abend versuchte auch mein Schwesterchen die großen Hopser und auch sie schaffte es.

Wir tollten nun jeden Tag auf der großen Platte herum und wollten gar nicht mehr in die schlimme Höhle, in der unsere Mama immer noch in der Ecke schlief und nicht mehr so gut roch. Papa wurde ab und zu richtig böse, weil wir nicht mehr auf ihn hörten und lieber spielen wollten.

Doch dann kam der Abend, an dem wir zum Riesentier und unseren Steinchen wollten und Papa und Papa uns daran hinderte, die Brettchen hochzugehen. Was sollte das denn, wir hatten Hunger und da oben warteten leckere Steinchen auf uns. Aber er stellte sich in den Weg und sagte uns, dass wir zurückgehen würden. Da oben wäre es heute gefährlich.

Was war denn „gefährlich"? Ich quengelte und schließlich lies mich Papa hochgehen, Da stand etwas komisches um unsere Steinchen herum. Ich ging zu meinem Steinchen und hinter mir machte es „rumms!" Ich sprang rückwärts aber ich konnte nicht mehr weg. Ich war gefangen! Wo war Papa? Wo war Schwesterchen? Und dann wurde es dunkel. Etwas würde über mein Gefängnis geworfen und dann fing das Ding an zu wackeln. Vor Angst sprang ich in meinem Gefängnis herum und wollte einfach nur raus.

Dann hörte das Ding auf zu wackeln und es wurde hell. Das Türchen von meinem Gefängnis war offen und es roch nach Fresschen. Aber ich war ganz alleine. Wo war mein Schwesterchen? Wo war Papa? Wo war ich? Vorsichtig schaute ich mich um. Es war warm. Es war sauber. Anders als in unserer Höhle. Da standen komische Kisten auf dem Boden. Manche hatten vorne Klappen, Manche standen auf Stelzen und an der Wand stand ein großer Kasten, der oben drauf ganz weich war. Und in der Ecke stand eine Kiste, in der ganz viel weicher Sand drin war. Das kannte ich aus meiner Höhle. Da hatten wir eine Ecke mit viel Sand wo wir unser Pipi und Kacka machen konnten. Papa hatte uns beigebracht, dass wir nur da unser Geschäft machen durften.

Ob der Kasten auch so was war? Egal, ich musste mal ganz dringend Pipi und Kacka. So krabbelte ich in den Kasten. Ui, das war aber ein schöner weicher Sand. Und der roch so gut! Ich fing an zu graben und das ging ganz prima, der Sand war so weich, da taten mir die Pfötchen gar nicht weh! Nachdem ich mein Geschäft gemacht hatte, vergrub ich das, wie Papa es mir beigebracht hatte.

Papa! Wo war er? Und Schwesterchen! Würde ich sie wiedersehen. Wo war ich? Ich fing ganz laut an zu weinen und kratzte an der Platte in der Wand bis komischer roter Saft aus meinen Pfötchen lief. Und das tat sehr weh. Plötzlich ging die

Platte in der Wand auf und das Riesentier, das Papa „Frauchen" nannte, kam herein. Ich rannte sofort hinter den weichen Kasten und hoffte, dass es mich nicht sieht.

Es machte wieder diese komischen Laute, aber das hörte sich gar nicht böse an. Aber ich beschloss, sehr vorsichtig zu sein und in meinem Versteck zu bleiben.

Ich wartete noch eine Weile, aber dann war mein Hunger doch größer und ich schlich zu den Steinchen, die wieder so gut rochen. Und dann habe ich alle Steinchen so schnell wie möglich leergegessen. Und bin dann schnell wieder in mein Versteck verschwunden. Eigentlich wollte ich nicht schlafen, aber ich war doch so erschöpft, dass ich eingeschlafen bin.

Ich wurde wach, als sich die Platte öffnete und ein Kasten hereingebracht wurde und in diesem Kasten war ein furchtbarer Krach. Das Riesentier stellte den Kasten auf den Boden und öffnete das Ding. Und heraus schoss – mein Schwesterchen! Die war so in Rage, dass sie sich auf mich stürzte und mich biss. Dann bemerkte sie dass ich es war und lies von mir ab.

Da ging die Platte auf und wir beide krochen in mein Versteck. Es war das Frauchen-Riesentier. Sie stellte lecker riechende Steinchen hin und machte das Pipi und das Kacka aus dem Sandkasten. Dann schloss sich die Platte wieder.

Das wiederholte sich einige Tage und eigentlich war es hier gar nicht so schlecht. Aber die Freiheit und Papa fehlten uns schon sehr.

Nach einigen Tagen brachte das Riesentier-Frauchen wieder unser Fresschen und machte die Kacka Kästchen -wir hatten jetzt zwei! - sauber. Dann ging sie hinaus, aber sie vergaß, die Platte in der

Wand zu schließen. Von draußen hörten wir Geräusche, aber es war niemand zu sehen. Aber es roch nach Artgenossen!

Wir warteten, bis es draußen ganz still und dunkel war und dann trauten wir uns durch das Loch. Wir waren auf einer langen Platte, von der einige Löcher abgingen. Und da waren noch Brettchen, die nach unten gingen. Da war noch so eine große Platte mit vielen Kästen. Und auf einem dieser Kästen lagen zwei Artgenossen! Die eine – sie sah aus wie unsere Mama – Hob den Kopf und knurrte uns an. Die andere – sie war getigert und schien schon älter zu sein – schaute uns an und hopste von der weichen Kiste hinunter. Dann kam sie die Brettchen hoch und stellte sich vor uns. Sie maunzte leise und dann schleckte sie uns über den Kopf. Da hatten wir keine Angst mehr!

Wir hopselten zusammen mit der Katzenoma die Brettchen hinunter und legten uns zu ihr auf den weichen Sitzkasten. Da kuschelten wir uns an unsere neue Freundin und schliefen ein."

Das war wohl alles sehr anstrengend für unsere Kleine, sie war eingeschlafen. Aber sie würde uns sicher den Rest ihrer Geschichte morgen erzählen.

Gute Nacht aus dem Land hinter dem Regenbogen. Eure Lieben sind immer in Gedanken bei euch und schicken euch schöne Träume

Bis morgen, euer Teddy

35 EINE FREMDE WELT

Hallo, hier ist – wie versprochen – wieder euer Teddy.Unsere kleine Mausi hat sich von den Aufregungen erholt und weicht nun nicht mehr von der Seite ihrer Mama. Und nun möchte sie uns und vor allem ihrer Mama ihre Geschichte weitererzählen:

„Wir wohnten nun schon einige Zeit in der neuen Höhle. Die liebe Katzenomi – sie hieß Minka oder Mummel, offenbar hatte sie mehrere Namen. Schwesterchen und ich hatten nun auch „Namen". Schwesterchen hieß nun Hexe, weil sie so rabenschwarz war und sie das Riesentier-Frauchen an ihre Seelenkatze erinnerte. Ich hieß „Mausi" weil ich so klein war. Dann gab es da noch eine alte Katze, die aussah wie unsere Mama nur vieeel größer und dicker und die war immer mürrisch und wenn wir in ihre Nähe kamen, brummte sie und manchmal fauchte sie uns auch an. Also ließen wir sie in Ruhe. Dafür war unsere Katzenomi immer lieb zu uns und schleckte uns ab und wir durften immer bei ihr liegen. Nur unser Fresschen klaute sie uns manchmal. Dieses „Frauchen" nannte sie dann immer kleines rundes Fressmonster.

Überhaupt, das Frauchen war gar nicht Böse! Sie war so lieb zu uns. Am Anfang lies sie uns ganz in Ruhe und wir durften alles kennenlernen. Und da gab es noch ein Riesentiermännchen. Der hieß „Herrchen“ und war auch ein ganz lieber. Aber Frauchen war die Rudelführerin.

Unser Papa kam immer wenn es draußen dunkel wurde und aß die Steinchen draußen auf der Platte leer. Frauchen ging dann immer zu ihm und krabbelte sein Fell. Das schien ihm gut zu gefallen. Er drückte immer seinen Kopf in die Pfote von Frauchen und verschwand danach in die Nacht. Am Anfang wollten wir immer zu ihm, aber vor dem Loch war eine durchsichtige Wand. An der kratzten wir dann und weinten. Aber Papa drehte sich einfach um und hopste ohne uns die Brettchen hinunter.

Irgendwann war da draußen großes Katzengeschrei. Einer der Schreienden war unser Papa. Den anderen konnten wir nicht erkennen. Frauchen ging dann raus und kam mit einem großen Kater auf dem Arm wieder. Er bewegte sich nicht und überall lief dieser rote Saft raus. Sie schnappte sich das „Herrchen“ und sie verließen mit dem Kater die Höhle. Nach langer Zeit kamen sie zurück und der Kater war in weiße Lapen gewickelt und er schlief. Frauchen legte ihn auf den weichen Kasten und redete ganz leise mit ihm. Seit diesem Tag wohnte auch der Kater bei uns. Er hieß nun Kalli und war ein ganz lieber Kater.

So verging die Zeit und wir waren glücklich in unserer riesengroßen Höhle. In der Höhle waren viele kleine Höhlen und so ein Brettchengestell, wo wir hoch und runter rasen konnten. Und es gab viele Klöchen, die immer sauber waren. Wir durften irgendwann auch aus der Höhle raus und vor der großen Wohnhöhle war die kleine Platte, auf der immer die Steinchen mit Futter für uns standen. Da roch es auch immer nach Papa. Dort gingen die Brettchen nach unten auf eine andere größere Platte, auf der Möbels standen und wo Frauchen und Herrchen oft abends saßen und auf einem Bruzzelkasten leckeres Fresschen bastelten.

Alles war schön, aber an einem Tag schleppte Frauchen viele Kartons in die Wohnung und warf Sachen aus den Wandkisten da hinein. Das war ein lustiges Spiel. Wir hüpften in den Kartons herum und spielten mit den Sachen, die da drin lagen. Einige Sachen holten wir wieder raus und schleppten sie durch die Wohnung. Irgendwann wurde Frauchen böse und wir wurden in die Höhle eingesperrt, wo wir ganz am Anfang waren. Wir hörten ganz viele Stimmen und es rumpelte und rummste.

Als wir wieder raus durften, hüpften wir die Brettchen runter, aber die Wohnhöhle war leer. Da standen nur die Kästen, in die wir immer eingesperrt wurden, wenn wir zu dem Pieksezweibeiner mussten. Meine Katzenomi saß in dem einen Kasten und weinte. Die mürrische Jeannie saß in dem anderen und brummte vor sich hin. In dem Dritten saß unser Kalli und hatte Angst. Und von dem großen Kasten stand das Türchen offen. Und da schnappten Frauchen und Herrchen jeder eine von uns und steckten uns in den großen Kasten. Wir hatten ganz viel Angst und kuschelten uns aneinander.

Herrchen nahm die Kisten mit Minka und Jeannie und Frauchen die mit Kalli und uns. Sie trugen uns die vielen Brettchen hinunter und dann kamen die Kisten mit Minka und Jeannie in Herrchens Brumsdings und wir wurden in Frauchens Brumsdings verfrachtet. Die beiden umarmten sich und dann kam Frauchen und das Brumsdings fing an zu brumsen und bewegte sich. Und wackelte und holperte. Kalli fing sofort an zu singen. In einem fort sang er „MauuuuuMauuuuuMööööööö" . Wir kuschelten uns aneinander und Kalli sang sein

„MauuuuMauuuuuuuMöööööööö". Bis jetzt waren wir immer nur ganz kurz in dem Brumsdings gefahren. Aber heute dauerte die Fahrt ganz, ganz lange. Und Kalli sang „MauuuuuuuMauuuuuuuuMöööööööö"! Und Frauchen wurde immer böser. Irgendwann schrie sie Kalli an. Es hörte sich an wie „ichschmeissdichindenrhein" und „ichbeissdirdenkoppab". Und Kalli erwiederte „MauuuuuuuuMauuuuuuuuMööööööööö". Aber irgendwann war auch diese Fahrt vorbei und Frauchen schleppte uns in eine Höhle. Sicher würden wir jetzt auch Mummel-Katzenomi wiedersehen. Jetzt war auch Kalli endlich ruhig.

Wir wurden in eine Höhle gestellt, die wie die Naßmachhöhle von uns aussah. Nur kleiner...aber es standen schon zwei Klöchen darin und Frauchen machte die Türchen von unseren Kästen auf. Aber die Tür von der Naßmachhöhle machte sie zu. Wir krabbelten langsam raus und mussten erstmal aufs Klöchen. Kalli war wohl müde vom Singen und schlief in seinem Kasten.

Draußen rumpelte und rummste es und wir hörten viele Stimmen von Zweibeinern. Frauchen kam zu uns und brachte uns Trinken und Fresschen. Dann schaute sie nach Kalli und sagte „jetztschläftderterrorist"!

Nach langer Zeit machte Frauchen endlich die Höhlenplatte auf und langsam schlichen wir hinaus. Alles war ganz anders! Keine Brettchen mehr nach oben! Und nicht mehr so viele kleine Höhlen. Alles viel kleiner. Aber den Sitzkasten kannten wir. Und noch einige andere Möbels.In der Schlafhöhle stand ein neuer Schlafkasten. Aber wo waren Herrchen, Oma-Mummel und Jeannie? Die waren nicht da. Vielleicht kamen die ja noch!

Jetzt mussten wir uns erstmal hier umschauen. Die Höhle hatte große durchsichtige Wände und da draußen sah es richtig schön aus. Vielleicht durften wir ja hier auch raus?

Wir hatten uns hier eingewöhnt und irgendwann machte Frauchen die durchsichtige Wand in der Wohnhöhle auf. Und ganz langsam gingen wir da hinaus. Sicher tauchte jetzt auch unser Papa auf. Aber komisch, hier roch es überhaupt nicht nach ihm...

Aber es gab ganz viele neue Gerüche. Und wir schnupperten zuerst einmal die Umgebung ab. Frauchen war bei uns und schien furchtbar aufgeregt zu sein. Dauernd rief sie unsere Namen. Aber die kannten wir ja schon. So schnupperten wir weiter. Kalli war immer nah bei uns und passte auf uns auf.

Irgendwann waren wir dann hungrig und hopsten zurück in die Höhle. Frauchen schien froh zu sein und machte die durchsichtige Wand vor das Höhlenloch. Wir legten uns dann alle zu Frauchen und kuschelten.

Wir durften nun jeden Tag in unsere neue Welt. Und wir gingen immer weiter in unserem neuen Revier spazieren. Und entdeckten ganz viele spannenden Dinge. Direkt hinter unserer Höhle war eine riesengroße Wiese mit Kitzelgras, was ganz hoch wurde. Darin konnte man sich ganz prima verstecken und darin versteckten sich auch ganz viele Flitzies. Und die brachte ich Frauchen immer gerne als Geschenk mit. Am liebsten hatte sie, wenn ich die Flitzies nicht totmachte, sondern sie ihr vor die Füße legte und die Flitzies dann losrannten. Frauchen hüpfte dann immer so lustig durch die Höhle und versuchte die kleinen flinken Dinger zu fangen.

Und dann war da noch am Ende dieser Wiese ein breites Band, das rauschte und sich schnell bewegte und als ich einmal zu nahe da hin ging habe ich ganz nasse Pfötchen bekommen. Da bin ich dann lieber weggegangen. Da wohnten auch so riesengroße Flatterer, die machten sich ganz groß und fauchten wie ein großer Kater wenn man näher kam. Vor denen hatte ich große Angst!

Aber es gab auch noch die Wieeehiiieeehieeee-Tiere. Die waren ganz groß und wohnten in ganz vielen kleinen Höhlen, die unter einem riesengroßen Dach waren. Und am Tag waren die draußen und die benahmen sich eigentlich sehr freundlich. Da ging ich gerne hin. Es gab da die dicksten Flitzies!

Aber es gab da auch böse Tiere! Als ich an einem Abend noch draußen war, obwohl Frauchen schon oft gerufen hatte, sah ich in einiger Entfernung ein Tier mit einem dicken Schweif. Sein Fell sah aus, wie Frauchens Fell auf dem Kopf. Das Tier duckte sich und beobachtete mich. Und es kam näher. Und ich fauchte es an. Aber das interessierte dieses merkwürdige Tier mit der spitzen Schnauze nicht und es kam immer näher. Und plötzlich tauchte wie aus dem Nichts unser großer Kalli auf, stellte sich vor mich und schrie das Tier an. Dabei machte er einen imposanten Buckel und sein Schweif war so dick wie der von dem unheimlichen Tier. Das drehte sich herum und rannte davon. Mein Kalli hatte mich so toll verteidigt und gemeinsam liefen wir in unsere Höhle.

Danach war ich etwas vorsichtig und ging nicht mehr so weit von unserer Höhle weg.

Aber dann passiere etwas Schlimmes: Unser Kalli wurde sehr krank. Er wollte nichts mehr essen und musste dauernd spucken. Frauchen fuhr mit ihm zum Weißkittelpiekser und es dauerte eine ganze Zeit, bis sie wieder zurückkamen. Kalli musste nun kleine

Kügelchen nehmen, aber es ging ihm nicht wirklich besser. Der große schöne Kater wurde immer dünner und er mochte auch die schönsten Leckerlies nicht mehr essen.

Und dann kam der Tag, an dem Frauchen unseren Kalli in seinen Kasten legte. Sie hatte seine warme Kuscheldecke hineingelegt und Kalli lies alles mit sich geschehen. Es ging ihm sehr schlecht und er war ganz still. Frauchen lief ganz viel Wasser aus den Augen und sie sprach mit dem schwarzen Kästchen und sagte nur: „Es ist so weit, ich muss ihn gehen lassen..." Dabei machte sie ganz laute Trauriggeräusche. Dann nahm sie den Kasten mit Kalli und ging hinaus.

Nach einiger Zeit kam sie zurück und stellte den Kasten auf den Boden. Als sie das Türchen öffnete, gingen wir hin und sahen unseren Kalli. Er bewegte sich nicht. Aber er schlief nicht. Wir konnten es riechen. Kalli war nicht mehr hier.

Nun war unser Beschützer nicht mehr da. Aber wir gingen trotzdem wieder hinaus. Das Leben ging weiter und es war schön. Wir lagen jeden Abend bei Frauchen und sie verwöhnte uns. Tagsüber, wenn Frauchen nicht da war, gingen wir spazieren und fingen Flitzies oder dösten in der Sonne. Meistens waren Schwesterchen und ich gemeinsam unterwegs, aber ab und zu wollte Hexe auch nur dösen und so ging ich alleine los.

An so einem Tag war ich auf der großen Wiese unterwegs und das Kitzelgras war sehr hoch. So schaute ich, ob ich ein schönes Flitzie finden würde, was ich Frauchen mitbringen könnte.

Ich lag auf der Lauer, als ich ein leises Geräusch ganz in der Nähe hörte. Sofort duckte ich mich und verhielt mich ganz still.

Und dann spürte ich auf einmal einen Schlag in meiner Seite und sah aus dem Augenwinkel einen dicken Schweif und spürte, wie sich spitze Zähne im meine Seite bohrten und an mir rissen. Das waren ganz schlimme Schmerzen. Und ich kam nicht an meinen Peiniger heran. Er war genau in meiner Mitte und er riss schlimme Wunden in mich. Ich schrie vor Schmerzen und wollte nur weg. Aber der Feind hielt mich fest und biss sich immer tiefer in meinen Bauch. Plötzlich ließ er los und rannte davon. Von Ferne hörte ich eins dieser großen Grasschneidebrumsdingse.

Ich nahm meine letzte Kraft zusammen und wollte nur eins: Zu Frauchen! Die würde mich wieder gesund machen! Es waren so schlimme Schmerzen und dieser rote Saft lief in Strömen aus mir heraus. Aber da war es: Zuhause! Mit allerletzter Kraft schleppte ich mich in unsere Schlafhöhle. Dort verließen mich meine Kräfte. Und ich sah den Regenbogen...

Da hörte ich, wie sich die Platte der Wohnhöhle öffnete und Frauchen heimkam. Sie kam in die Schlafhöhle und sah mich. Ich hörte sie noch schreien und spürte wie sie mich hochnahm und das Wasser aus ihren Augen meinen Pelz nassmachten. Sie sagte mir, wie sehr sie mich liebte.

Das nächste, was ich sah, war der Regenbogen. Ich ging über die Brücke und da standen Kalli und eine schwarze Katze, die aussah wie mein Schwesterchen. Nur hatte die da drüben einen weissen Fleck auf der Brust und schien viel älter zu sein.

Seitdem bin ich hier und habe hier meinen Papa wiedergefunden und wartete auf meine Mama. Und die ist ja jetzt auch da."

Während Mausi erzählte, sind Kalli, Jeannie und Minka näher gekommen. Irgendwie sind wir alle miteinander verwoben. Und das ist schön. Nur eines ist traurig: Mit unserem Übergang über die Brücke ist immer verbunden, dass unsere Frauchen und Herrchen sehr, sehr traurig sind.

Aber das müsst ihr nicht sein. Uns geht es hier gut und irgendwann werden wir uns ja wiedersehen. Und hört in euer Herz und auf eure Träume. Wir führen euch zu Tieren, die es verdienen, genauso geliebt zu werden, wie wir. Euer Herz hat viele kleine Kammern, wo neben uns noch Platz für so ein armes Tier zu finden ist.

Gute Nacht, euer Teddy.

36 GEBURTSTAG

Hallo, hier ist euer Teddy und ich bin heute ein wenig traurig.

Hexe rief heute unsere ganze Gruppe zusammen. Ich ging natürlich auch zu ihr. Sie sagte, dass heute der Geburtstag von Oma-Frauchen, der Mama von unserem Frauchen, wäre und deshalb alle über die geheime Brücke auf die ewige Wiese gehen würden, um Oma-Frauchen zu gratulieren.

Alle, bis auf Hanibal, Schildie, die kleine Mausi und ich. Ich hatte fast vergessen, dass über die geheime Brücke nur die Tiere gehen dürfen, die eine Beziehung zu dem Menschen, der bereits auf der ewigen Wiese war, hatte.

Und die kleine Mausi und ich waren ja erst zu Frauchen gekommen, als Oma-Frauchen schon über die Brücke gegangen war, wir kannten sie also nicht. Und Hanibal mit Schildie kannte sie nicht, weil sie zu der Zeit ganz weit weg gewohnt hatte.

Alle anderen aus der Gruppe kannten und liebten Oma-Frauchen und so durften alle über die geheime Brücke gehen.

Wir begleiteten die große Gruppe bis zu der Brücke und da sah ich schon Oma-Frauchen auf der anderen Seite mit ihrer Minka auf dem Arm stehen. Sie schien sich zu freuen und winkte zu uns herüber. So gingen alle nacheinander über die kleine Holzbrücke und Oma-Frauchen nahm jeden einzelnen in den Arm. Dann winkte sie auch mir zu. Ich versuchte wieder einmal über die Brücke zu gehen, aber die unsichtbare Wand hielt mich zurück.

Ich schaute eine Zeitlang zu. Alle saßen oder lagen um eine Bank herum. Oma-Frauchen saß in der Mitte und schien sehr glücklich zu sein. Hexe lag neben ihr auf der Bank und schleckte die hübsche Minka ab.

Dann kam plötzlich der andere Zweibeiner, den Hexe „Herrchen" genannt hatte mit Buffy und Ziemzer zu der Bank. Buffy sprang sofort auf die Bank und schleckte Oma-Frauchen über das Gesicht. Die schien sich sehr zu freuen und kraulte die langen Buffy-Ohren. Auch das Herrchen setzte sich neben Oma-Frauchen und drückte seine Schnauze auf ihre Wange. Zuerst schien Oma-Frauchen mit ihm zu schimpfen, aber dann strich sie ihm mit ihrer Pfote über das Gesicht.

Klein-Mausi war mittlerweile eingeschlafen und ich fühlte mich sehr einsam.

Aber ich spürte, dass da noch jemand sehr traurig und einsam war: Mein Frauchen!

So benutzte ich meine unsichtbaren Flügel und suchte sie. Sie war nicht in ihrer Höhle. Doch schnell fand ich sie. Sie saß auf einer Bank in dem schönen Wald unter dem Baum, an dessen Wurzeln die Schachtel mit Oma-Frauchens Staub vergraben worden war. Neben sich hatte sie so ein Flackerlichtchen hingestellt.

Ganz viel Wasser lief aus ihren Augen und sie schien mit irgendjemand zu sprechen. Aber mit wem nur? Oma-Frauchen war ja nicht mehr hier, die wohnte ja jetzt auf der ewigen Wiese. Ich hätte sie so gerne getröstet, aber ich wusste nicht wie.

Da entdeckte ich auf dem Oma-Baum noch ein paar von den Baumbewohnern. Sie waren fast rund und hatten kleine Hütchen auf. Die meisten lagen auf dem Boden aber einige hingen noch am Baum. Mir gelang es, einem Kügelchen zu sagen, dass es auf Frauchen hüpfen soll. Und es tat mir den Gefallen und hüpfte von seinem Baum auf Frauchens Kopf.

Sie sah nach oben und lächelte. „Mama?" sagte sie und dann sagte sie „herzlichen Glückwunsch zum Geburtstag." Dann lief ihr wieder Wasser aus den Augen. „Du fehlst mir so..." sagte sie mit lauten Trauriggeräuschen.

Es war mittlerweile ganz still geworden. Kein Flatterer sang. Es schien, als würde die Welt mit Frauchen trauern. Aber ich wollte, dass sie wieder glücklich sein sollte.

So fragte ich die anderen Baumbewohner-Kügelchen, ob sie mir noch einmal helfen würden.

Und so hüpfte einer nach dem anderen auf Frauchens Kopf. Zuerst blickte sie ungläubig nach oben. Dann lächelte sie und sagte „Bist Du das mein Teddy? Willst Du mir mit Mama zusammen die dummen Gedanken aus dem Kopf vertreiben?"

Plötzlich kam ein kleines lustiges Tierchen mit der gleichen Fellfarbe wie Frauchen und einem wunderschönen buschigen Schweif auf Frauchens Bank gesprungen und sah sie mit lustigen Knopfaugen an. Es legte den Kopf schief und stibitzte sich einen von den kleinen Baumbewohnern, der neben Frauchen lag. Dann hüpfte das kleine Kerlchen langsam den Oma-Baum hoch und schaute noch einmal zu Frauchen hinunter. Dann war es plötzlich weg.

Frauchen hatte das kleine Tier beobachtet und es schien ihr nun besser zu gehen. Sie machte das Flackerlicht aus und sagte zu dem Baum „Bis bald liebe Mutti, irgendwann leiste ich Dir hier unter unserem Baum Gesellschaft. Aber jetzt noch nicht!"

So ein Unsinn! Irgendwann würde Frauchen über die Brücke kommen und mit ihrer Mama und uns allen auf der ewigen Wiese sein. Hier unter dem Baum würde dann nur ihr Staub vergraben sein. Aber auch das war wichtig! Das war der Ort, zu dem die lebenden Zweibeiner kommen konnten um zu trauern.

Frauchen ging zu ihrem Brumsdings und fuhr davon.

Nun konnte auch ich auf unsere Wiese zurückkehren. Das kleine Mausi schlief immer noch.

Der Rest der Gruppe kam gerade über die Brücke zurück auf die Wiese und Oma-Frauchen winkte ihnen nach.

Als letzte kam Hexe über die Brücke und gesellte sich sofort zu mir.

„Du warst bei Frauchen?" und es klang mehr wie eine Feststellung als eine Frage. Ich nickte und sagte sonst nichts.

Sie sagte „Hast Du das Eichhörnchen gesehen, das die Eichel genommen hat? Auch ich habe mir Sorgen um Frauchen gemacht, weil ich gespürt habe, wie traurig und wie einsam sie war. Deshalb musste ich nach ihr schauen. Aber wieder einmal hat sich gezeigt, warum wir beide ihre Seelentiere waren und immer noch sind!"

Und wieder hatte mir Hexe ein Geheimnis offenbart: Über andere Tiere konnten wir unseren Menschen Zeichen geben.

So schauten wir uns noch einmal um und immer noch stand da Oma-Frauchen und winkte. Ich sagte Hexe, dass ich sehr traurig sei, dass ich nicht über die geheime Brücke darf. Sie schaute mich an und sagte mir dann: „Nächste Woche ist das größte Fest, was wir hier im Regenbogenland feiern dürfen. Das Osterfest. Freu Dich darauf, Du wirst eine schöne Überraschung erleben."

Dabei lächelte sie weise, legte sich in die Wiese und schlief ein.

Jetzt bin ich ganz gespannt, was an diesem „Ostern" passieren wird.

Bis dahin, euer Teddy

37 LAZARUS

Hallo, hier ist euer Teddy. Hier sind alle ziemlich aufgeregt, weil bald das größte Fest des Jahres bevorsteht. Ihr Zweibeiner nennt es „Ostern". Hexe hat mir ja eine Überraschung versprochen und ich bin ganz gespannt und kann es kaum erwarten. Aber sie verrät mir nichts!

Heute kam sie zu mir und ich dachte schon, dass sie mir endlich die Überraschung verrät. Aber sie sagte mir, dass ich das bunte Mausi und Kalli holen soll, weil wir zur Brücke kommen sollen.

Ich fragte nicht weiter und rief die beiden zu mir. Die waren ganz aufgeregt, weil sie noch nie mit zur Brücke durften. So gingen wir gemeinsam und wir sahen den Regenbogen schon von Weitem leuchten. Hexe und ich kannten den Anblick ja schon, aber Kalli und Mausi waren beeindruckt von der Schönheit und den Farben.

Hexe hatte uns verraten, dass wir ein neues Mitglied in unserer Gruppe begrüßen werden, dessen Herrchen noch auf der Erde war und der Kater bei uns bleiben würde bis sein Herrchen über die Brücke kommen würde. Weil der Kater unser Frauchen, Kalli und das bunte Mausi kannte, war unsere Gruppe für die Wartezeit ausgewählt worden.

Gemeinsam stellten wir uns an das Ende der Brücke und warteten, wer da kommen würde.

Und dann sahen wir ihn. Ganz langsam kam er über die Brücke. Es war ein uralter schwarzer Kater und ihm fehlte fast sein ganzer Schweif!

Wie alle, die hier über die Brücke kamen, war er sehr erschöpft und schlief sofort ein als der die Wiese betreten hatte. Kalli und das bunte Mausi hatten ihn erkannt und erzählten uns, dass sie den Kater vor sehr langer Zeit gekannt hatten. Er hat in dem Haus von Frauchen mit einem Zweibeiner zusammen gewohnt und gemeinsam hatten sie einige Abenteuer erlebt. Sein Name war Lazarus und er musste sehr, sehr alt sein!

Als er endlich aufwachte, sah er viel jünger aus und sein Schweif war wieder da. Ungläubig drehte er sich herum und sah seinen Schweif an. Dann nahm er ihn zwischen die Pfoten und putzte ihn ausgiebig.

Und dann sah er Kalli und das bunte Mausi. Er ging zu Mausi und schleckte ihr über den Kopf. Vor Kalli hatte er offenbar Respekt, aber der ging zu ihm und hieß ihn willkommen. Dann sah er Hexe und mich und kam zu uns. Er fragte uns, wo er denn sei und wo sein Herrchen wäre? Viele, viele Jahre war er sehr glücklich mit seinem Herrchen gewesen. Aber dann war er irgendwann einfach eingeschlafen und als er wieder aufwachte, hatte er den Regenbogen und die Brücke gesehen. Und nun war er hier...

Wir erklärten ihm, wo er war und er wurde sehr traurig. Was würde denn sein Herrchen nun ohne ihn anfangen?

Und dann fing er an zu erzählen:

„ Vor langer, langer Zeit, ich war noch sehr jung, habe ich bei einer sehr lieben Zweibeinerin gelebt. Sie hatte ganz graues Fell und zum Laufen hatte sie drei Beine. Eines davon trug sie immer in der Hand. Irgendwann legte sie sich auf den Boden zum Schlafen und wachte nicht mehr auf. Ich war einige Tage mit ihr alleine und litt großen Hunger und Durst. Immer wieder stupste ich sie und sagte ihr, dass sie aufwachen soll. Aber sie schlief einfach weiter.

Irgendwann, mein Frauchen roch schon komisch und es flogen große Brumser herum, die ich in meinem großen Hunger fing und aufaß, ging die Platte vor der Höhle auf und es kamen Zweibeiner in bunten Fellen herein. Ich hatte mich versteckt und wartete. Die bunten Zweibeiner sagten, dass „sie schon länger tot sei" und dann kamen andere Zweibeiner, die mein Frauchen in eine Kiste legten und einen Deckel darauf machten. Dann trugen sie die Kiste weg.

Es kam dann eine Zweibeinerin, die ich kannte, sie wohnte in der Höhle über uns. und die erzählte den bunten Männern, dass hier noch eine Katze wohnen würde die Felix hieß. Ich!

Nun kamen die Männer in die Nähe meines Verstecks und ich packte all meinen Mut zusammen und rannte los. Vorbei an den Bunten und vorbei an der Zweibeinerin. Und dann war ich aus der Höhle raus. Ich durfte ja schon bei meinem Frauchen immer spazierengehen. Sie machte dann ein „Fenster" - so nannte sie die durchsichtige Wand – auf und ich konnte in dem Kitzelgras herumlaufen. Weit bin ich nie gegangen. Frauchen rief mich immer schnell wieder nach Hause. Und ich bin gerne dem Ruf gefolgt. Es gab immer Leckerchen und mein Frauchen war so eine liebe Zweibeinerin.

Also machte ich wie immer meinen Spaziergang und ging dann zurück zu unserer Höhle. Frauchen würde ja jetzt sicher wieder wach sein.

Aber vor dem „Fenster" waren viele kleine Brettchen. Und vor den anderen „Fenstern" auch. Was war den das? Ich hatte doch so großen Hunger! Ich rief ganz lauf und lief hin und her. Und dann kam von der Zweibeinerin, die vorhin noch in unserer Höhle war, ganz viel Wasser auf mich herunter und sie schrie irgendetwas von einem „Stinkenden Katzenvieh".

Ich verzog mich und würde später wiederkommen. Irgendwann würde Frauchen schon mein „Fenster" öffnen und dann würden wir ganz viel schmusen! Aber bis dahin musste ich etwas essen!

Oft hatte ich schon die kleinen Flitzies auf der Wiese hinter unserer Höhle gesehen. Manchmal habe ich eines gefangen und meinem Frauchen mitgebracht. Aber gegessen hatte ich noch keines. Und oft traute ich mich auch nicht auf die Wiese. Da waren noch andere Artgenossen. Ein Riesenkater und zwei Kätzinnen. Die wohnten ein paar Höhlen weiter und der Kater hat immer auf die beiden Kätzinnen aufgepasst. Einmal bin ich ihm begegnet und er hat mich ziemlich böse angebrummt. Seitdem bin ich ihm aus dem Weg gegangen.

Aber heute hatte ich Hunger! So ging ich auf die Wiese und schon hörte ich im Gras ein Flitzie! Ich pirscht mich an und schwupps – ich hatte es gefangen und dann aß ich es auf. Und es war gar nicht mal so schlecht!

Aber nun hätte ich doch gerne mein normales Fresschen gehabt und ging zurück zu unserer Höhle. Da waren immer noch die Brettchen vor den Fenstern und als ich anfing zu rufen, hörte ich die Zweibeinerin von oben wieder schreien. Da bin ich abgehauen.

Noch ein paar Tage versuchte ich, in unsere Höhle hineinzukommen. Aber Frauchen war nicht mehr da. Warum nur? War ich böse gewesen? Warum hatte sie mich denn alleine gelassen?

Nun fing ich mir meine Flitzies und manchmal waren es auch kleine Flatterer. Aber immer passte ich auf, dass ich dem großen Kater nicht in die Pranken fiel. Manchmal sah ich ihn und die beiden Kätzinnen aus der Ferne.

An einem Abend hatte ich wieder einen großen Hunger und konnte kein Flitzie und keinen Flatterer fangen. Ich lag vor einem Flitzieloch auf der Lauer und hörte es darin rascheln. Aber ich hörte nicht, was hinter mir war.

Aber als ich den Atem hinter mir spürte, war es zu spät: Spitze Zähne bohrten sich in meine Flanke. Ich warf mich herum und sah eine spitze Schnauze . Die bohrte sich in mich. Es waren so schlimme Schmerzen. Ich warf mich herum und biss in diese Schnauze. Für einen kurzen Augenblick ließ er von mir ab und ich versuchte zu fliehen. Aber es gelang mir nicht. Ich spürte einen furchtbaren Schmerz an meinen Schwänzchen und dieses Tier schien mich von hinten aufzufressen. Und ich konnte mich nicht wehren!

Da hörte ich plötzlich hinter mir ein unglaublich böses Grollen, was in furchtbare Schreie überging. Da war mir klar: Das war mein Ende. Jetzt kam noch so ein Vieh!

Aber plötzlich ließ mein Feind von mir ab und es waren furchtbare Schreie zu hören. Ich legte mich auf die Seite und sah den riesengroßen Kater und die beiden Kätzinnen, die sich auf ein Tier mit einem dicken buschigen Schweif stürzten. Das Tier versuchte gar nicht, sich zu wehren, es rannte einfach davon. Und der Riesenkater hinterher. Die kleine bunte Kätzin kam zu mir und schleckte mir über den Kopf. Da hörte ich die Stimme einer Zweibeinerin: „Kalli, Mausi, Hexe, wo seid ihr?“ Und die Stimme kam immer näher. Die kleine dicke Schwarze maunzte und dann stand eine Zweibeinerin vor uns. Sie sah mich und nahm mich auf den Arm. Obwohl ich so schlimme Schmerzen hatte und der rote Saft nur so aus mir rauslief, tat mir die Berührung und die Stimme gut. Dann wurde alles dunkel...

Als ich wieder aufwachte, lag ich auf einer weichen Decke und es war mir ein wenig schwummerig. Neben mir lag die kleine bunte Katze. Der große Kater, der wohl Kalli hieß, lag vor dem Fenster und die kleine dicke schwarze Hexe saß vor ihrem Fressnapf.

Ich war eingewickelt in weisse Lappen und da wo einmal mein Schweif gesesen war, war nur noch ein kurzes weisses Stummelchen.

Und vor mir war ein riesengroßer Zweibeiner. Der hatte Pranken, die waren mindestens so groß wie ich! Und mit diesen Pranken kraulte der meinen Kopf. Und das war schön! Ich drückte meinen Kopf ganz fest in diese Pranke und da lief diesem Riesen Wasser aus den Augen. Und er sagte, dass ich ab jetzt sein „Lazarus“ sei. Ok, ich hatte jetzt wohl einen neuen Namen und ein neues Herrchen.

Und der stellte sich als das beste Herrchen, das jemals ein Kater hatte, heraus! Und das Frauchen, das mich aufgesammelt hatte und Kater Kalli und die Kätzinnen Mausi und Hexe wurden meine besten Freunde.

Wir haben zusammen viele schöne Abenteuer erlebt. Aber nach einiger Zeit – Zweibeiner würden von einigen Jahren sprechen – waren das Frauchen und die drei Freunde nicht mehr da. Wir blieben in unserer Höhle und ich konnte auf die Platte vor der Höhle. Leider konnte ich nicht mehr auf die Kitzelwiese. Aber das war nicht schlimm, weil da ja dieses böse Tier wohnte.

Ich war so glücklich mit meinem Herrchen. Abends, wenn er in unsere Höhle kam, bekam ich das leckerste Fresschen und danach legte ich mich auf seinen wunderbaren weichen Bauch und schlief. Und im Schlafkasten lag ich immer neben seinem Kopf

So lebten wir lange zusammen. Herrchen nannte es seine „Kater-WG". Ich wusste nie, was das bedeutet, aber es musste etwas sehr Schönes sein, er sah da immer so glücklich aus.

Aber mit der Zeit merkte ich, dass sich etwas mit mir veränderte. Ich war ganz viel müde. Und ich konnte nicht mehr so gut sehen und hören. Und das Schlimmste war, dass ich mich an vieles nicht mehr erinnern konnte. Immer öfter wusste ich nicht mehr, wo meine Klöchen standen. Aber ich musste doch mal. Da habe ich irgendwo hin gemacht. Und wusste, dass es nicht richtig war. Oder ich wusste nicht mehr, wo ich war. Dann stand ich lange vor einer Wand und wusste nicht mehr weiter. Oder ich hatte einfach Angst und fing dann an zu schreien. Meistens Nachts, wenn alles dunkel war. Oder ich suchte Herrchen. Und rief nach ihm. Und Herrchen war immer geduldig. Er nahm mich in den Arm, wenn ich nicht mehr weiter wusste.

Und dann kam der Abend, an dem Herrchen mich neben sich auf das große Kissen legte. Ich hatte wieder einmal neben mein Klöchen gemacht. Ich konnte nun überhaupt nichts mehr sehen.

Und ich war schwach. Immer wieder knickten meine Beine weg. Ich wollte nur noch schlafen…"

Wir nahmen Lazarus mit zur Gruppe. Er hatte ein wunderschönes Leben mit seinem Herrchen gehabt und war fast genauso alt geworden wir unser Hexe.

38 KALLI STONED

Hallo, hier ist wieder euer Teddy. Unser kleiner Lazarus gehörte nun zu uns und er war immer mit Kalli und der bunten Mausi zusammen. Sie waren wie eine kleine Familie innerhalb unserer Gruppe.

Mausi hatte die ganze Zeit ihr Schwesterchen Dickimoppel Hexe – so nannte Kalli sie – vermisst. Doch die war noch bei ihrem Frauchen und würde noch lange nicht über die Brücke kommen. Aber nun nahm Lazarus ihren Platz ein, die beiden waren nun unzertrennlich. Und Kalli war immer in der Nähe und passte auf die beiden auf.

Aber die drei blieben immer bei der Gruppe und sie liebten es, wenn einer von uns seine Abenteuer auf der Erde erzählte.

Nun saßen wir wieder beisammen und Kalli fing an zu erzählen:

„Schon öfter hatten wir den kleinen schwarzen Kater gesehen, wenn er sich nicht weit von uns auf der großen Wiese herumtrieb und Flitzies oder Flatterer fing. Am Anfang stellte er sich ziemlich dumm an und machte wenig Beute. Mit der Zeit wurde er geschickter und erbeutete immer mehr kleine Tiere. Und er aß alles auf. Er musste ziemlich viel Hunger haben und wohl kein richtiges Zuhause.

Wir fingen ja auch gerne die kleinen Flitzies und manchmal auch einen Flatterer, aber das waren doch Geschenke für Frauchen! Wir bekamen ja immer leckeres Fresschen in unseren Steinchen und mussten unser Essen nicht fangen. Vielleicht hatte der kleine Kater ja wirklich kein Frauchen? Er sah oft zu uns herüber aber er traute sich nicht in unsere Nähe. Er wusste genau, wo die Grenze zu meinem Revier war und das war auch besser für ihn.

Eines Abends, ich kam gerade mit meinen beiden Mädels vom abendlichen Streifzug zurück, da hörte ich in der Nähe die Schemerzensschreie eines Artgenossen und das Fauchen des bösen Tieres, von denen einige hier auf der großen Wiese wohnten. Es war gerade mal so groß wie ich, hatte eine lange spitze Schnauze und einen langen sehr buschigen Schweif. Die Farbe war so wie Frauchens Kopffell. Und diese Tiere waren böse und sehr heimtückisch. Deshalb schärfte ich meinen beiden Kätzinnen immer ein, dass sie in meiner Nähe bleiben müssen und mich sofort rufen, wenn sie eines von den bösen Tieren sehen.

Und nun hatte so ein böses Tier anscheinend einen Artgenossen erwischt. Vielleicht den kleinen Schwarzen? Eigentlich müsste mir das egal sein und ich sollte meine beiden Mädels nach Hause in Sicherheit bringen.

Aber ich konnte nicht! Ich musste dem Artgenossen – egal wer er war – zu Hilfe kommen. So schärfte ich meinen beiden ein, dass sie nach Hause gehen sollten. Und dann stürmte ich in Richtung der Schreie. Da sah ich die Beiden: Es war tatsächlich der kleine Schwarze und an seinem Hinterteil hing eines dieser bösen Viecher und hatte sich in seinem Schwanz verbissen. Es schien so, als würde er ihn von Hinten aufessen. An der Seite hatte der

Kleine schon eine große Wunde. Der kleine schwarze Kater versuchte verzweifelt seinem Peiniger zu entkommen. Tapfer kämpfte er, doch er hatte keine Chance.

Da war ich angekommen und ging in Kampfstellung. Und dann sah ich schon beeindruckend aus. Ich war ein sehr großer Kater und wenn ich meine Bürste und mein Fell aufstellte war ich ein Riese! Ich spürte wie dieses tiefe wütende Grollen aus meiner Kehle aufstieg und es sich in ein furchtbares Kampfgeschrei steigerte. Das böse Tier lies von dem Kleinen ab und drehte sich zu mir um. Und als er mich sah, rannte er davon. Und ich hinter ihm her! Der Feind war wohl schon etwas müde und so holte ich ihn schnell ein. Wie es die Art von diesen Tieren war, versuchte er mich in die Seite zu beißen, aber ich war schneller und schmiss ihn auf den Rücken. Und da hatte ich ihn auch schon an der Kehle. Und ich drückte zu. Er hatte sich noch kurz gewehrt, aber gegen meinen Todesbiss hatte er keine Chance. Als er sich nicht mehr regte, lies ich ihn liegen und ging zu dem kleinen Schwarzen zurück.

Der lag auf dem Boden und überall lief der rote Saft aus ihm heraus. Doch es waren schon unser Frauchen und die beiden Kleinen bei ihm. Als ich dazukam erschrak Frauchen, denn ich war auch voll mit dem roten Saft beschmiert. Aber sie merkte schnell, dass es nicht mein Blut war...

Sie hatte wohl die Schmerzensschreie von dem Kleinen gehört und war hierher gerannt. Und dann hatte sie auch die meine Kampfschreie und das Fauchen von dem bösen Tier im Todeskampf gehört. Sie streichelte mich und ich rieb meinen Kopf an ihrer Hand.

Dann nahm sie das kleine schwarze Bündel hoch und rannte mit ihm in Richtung Höhle. Dort sprach sie mit dem schwarzen Kästchen und kurz darauf fuhr sie mit Katerchen in ihrem Brumsdings davon.

Wir legten uns auf den weichen Sitzkasten und schliefen vor Erschöpfung gleich ein.

Als wir wach wurden, kam Frauchen mit dem kleinen Kater durch die große Platte der Höhle. Das Katerchen war in weiße Lappen gewickelt und wo sein Schwänzchen war, hatte er nur noch ein kleines Stummelchen, um das auch ein weisser Lappen gewickelt war. Und er schlief noch halb.

Frauchen legte ihn auf den Sitzkasten und Mausi und Hexe schnupperten ihn ab. Hexe musste ihn natürlich sofort abschlecken! Sie schleckte immer alles und jeden ab.

Ok, jetzt hatte ich noch einen mehr, auf den ich aufpassen musste.

Katerchen war mittlerweile ganz wach, rutschte vom Sitzkasten und schlich in Richtung Fresschenhöhle. Dort fand er sofort unsere Fresschensteinchen und machte sich über das Futter her. Na der traute sich ja was! Er aß MEIN Fresschen. Ich stellte mich hinter ihn und ließ mein gefürchtetes Grollen hören. Aber er drehte sich um und sagte nur ein ganz kleines „Maunzmaunz" und schmatzte dabei mein Fresschen. Ok, der Kleine hatte Hunger...

Frauchen ging nun noch einmal durch die große Platte. Wir wussten nicht, was hinter der Platte war, wir gingen ja immer durch die durchsichtige Wand hinaus. Und dann kam sie zurück und hinter ihr war ein riesengroßer Zweibeiner mit einer ganz tiefen Stimme. Es horte sich an, als würde er uns angrollen. Aber er schien lieb zu sein!

Frauchen nahm den kleinen Kater auf den Arm und legte ihn dem Riesen in die Hände. Da passte der Kleine ganz genau rein. Frauchen sagte nur: „So Manni, darf ich vorstellen, Dein neuer Mitbewohner Lazarus!"

Manni-Zweibeiner hob Katerchen, das wohl jetzt Lazarus hieß, hoch und hielt ihn an seine Wange. Und Lazarus schleckte ihm über die Nase.

Dann ging er mit ihm durch die große Platte. Ok, jetzt war Lazarus wieder weg. Mausi und Hexe waren ein wenig traurig, aber wir hatten ja uns!

Die nächsten Tage durften wir nicht raus, Frauchen hatte Angst dass der „Fuchs" - so nannte sie das böse Tier – noch da war. Sie konnte ja nicht wissen, dass ich den gekillt hatte!

Dann war wieder einer der Tage, zu denen Frauchen „Wochenende" sagte. Das waren schöne Tage, da war Frauchen zu Hause und wir lagen mit ihr ganz lange im Schlafkasten. Da waren ganz viele weiche Kissen drin und wir kuschelten ganz lange mit Frauchen.

Während wir kuschelten, machte es plötzlich au der großen Platte komische Geräusche. Krschhhkrschh, dann wieder Ruhe, dann wieder krschkrschkrsch. Dann wieder Ruhe. Dann ein kleines Rums und wieder krschkrsch.

Frauchen krabbelte aus dem Schlafkasten und öffnete die Platte. Und herein schoss – Lazarus! Er hüpfte in den Schlafkasten und die beiden Mädels fingen sofort an mit ihm herumzutollen.

Frauchen hatte in der Aufregung vergessen, die Platte wieder zu schließen. Was wohl vor der Platte war? Wir durften ja nie da raus...

So nutzte ich aus, dass Frauchen mit den Kleinen spielte und schlich durch das Loch in der Wand. Das war aufregend! Und vor der Höhle war noch eine Höhle! Nur viel höher als unsere Wohnhöhle. Und an der Wand waren ganz viele Brettchen angebracht.

Ich schlich die ersten Brettchen hoch und dann kam eine kleine Platte und noch mehr Brettchen. Und dann war da eine Platte in der Wand, Aber die war zu. Ich wollte noch weiter gehen, denn von der nächsten Platte kam ein unwiderstehlicher Geruch, den ich nicht kannte!

Aber da hörte ich von unten Frauchen meinen Namen rufen. Hmm, die war jetzt sicher böse mit mir, weil ich durch das Loch hinter der Platte gegangen war. Aber ich würde doch so gerne dem leckeren Geruch nachgehen...

Doch dann kam von oben diese ganz tiefe Stimme und der Manni-Riese kam die Brettchen hinunter.

Was nun? Frauchen oder Riese? Ich entschied mich für Frauchen, auch wenn sie böse mit mir war. So rannte ich die Brettchen hinunter, an Frauchen vorbei in unsere Höhle und gleich unter den Sitzkasten in Sicherheit. Ich hörte, wie Manni-Riese fragte „Ist mein Lazarus bei euch?"

Dann nahm er Lazarus auf den Arm und verschwand durch die Platte, die von den Zweibeinern „Tür" genannt wurde.

Aber ich hatte etwas gelernt: Wenn ich an der Tür kratzte, machte es dieses Krschkrsch-Geräusch! Und da hatte Frauchen die Tür aufgemacht! Aha! Und ich wollte doch so gerne wissen, was dieser leckere Geruch war!

Also fing ich an, an der Tür zu kratzen. Aber da wurde Frauchen richtig böse! Sie schimpfte mit mir und dann schmiss sie auch noch Wasser auf mich!

Doch am nächsten Tag machte es morgens wieder dieses Krschkrsch Geräusch und Frauchen machte die Platte wieder auf und Lazarus kam hereingerannt und hinter ihm kam Manni! Lazarus hatte wohl ganz schnell gelernt, wie man an diesem kleinen Eisending die Tür öffnen konnte. Er wollte einfach zu seinen Freundinnen. Und ich wollte zu diesem Geruch!

So rannte ich an Frauchen und Manni vorbei und ohne anzuhalten die Brettchen hoch. Und da war es: Das Schlaraffenland! Auf der Platte vor der Manni-Höhle waren unzählige Manni-Tatzenschoner! Und die rochen alle so gut! Ich suchte mir einen besonders gut riechenden Tatzenschoner aus und versenkte meine Nase darin. Aaaaah, so lecker! Ich schob meinen ganzen Kopf da hinein und mir wurde wohlig warm und ich fühlte mich so – brumselig! Es war so ein wenig wie schweben...

Von ganz weit weg hörte ich die Stimmen von Frauchen und Manni und die hörten sich irgendwie komisch an. Frauchen sagte so etwas wie „Kalli ist stoned!“

Dann spürte ich, dass es mich in die Höhe hob – uiii ich konnte fliegen!

Als ich wieder aufwachte, lag ich auf dem Sitzkasten und mein Kopf brumselte ein wenig. Aber bei nächster Gelegenheit musste ich wieder zu den Tatzenschonern!

Lazarus kam nun jeden Morgen, wenn Kalli zur Arbeit ging zu uns und gemeinsam mit den Mädels gingen wir dann hinaus. Ich passte auf die drei auf und wenn wir wieder nach Hause kamen, ging Lazarus die Brettchen hoch in die Höhle zu seinem Herrchen Manni. Dieser Riese Manni liebte den kleinen Stummelschwanz Lazarus sehr und verwöhnte ihn nach Strich und Faden.

Manchmal gingen auch die beiden Mädels in die Höhle von Manni. Der hatte vor seiner Höhle eine Platte auf der auch Möbels standen. Da konnte man von oben runter auf die Wiese schauen. Man konnte aber auch an den Seiten eine schiefe Wand hochklettern und dann war man ganz weit oben.

In der Mitte zwischen unseren Höhlen wohnten auch Zweibeiner, aber die waren nie da. Und wenn sie in ihrer Höhle waren, störten sie uns nicht.

Aber ich war am liebsten bei meinen Tatzenschonern. Es waren so viele und immer wieder entdeckte ich neue! Und die rochen alle ganz unterschiedlich! Je schlimmer sie aussahen, umso leckerer rochen sie! Und immer hatte ich dieses wohlige Gefühl. Und dann hatte ich ihn endlich gefunden: Den leckersten Tatzenschoner aller Zeiten! Er sah schrecklich aus! Er lag ganz einsam in der hintersten Ecke und schien schon sehr alt zu sein! Aber er duftete unglaublich intensiv ! Ich beschloss, dass der jetzt mir gehören sollte!

Frauchen war bei Manni in der Höhle, sie tranken dieses dampfende Zeug aus Rundsteinchen. Die drei Monster waren am

Spielen und so ergriff ich die Gelegenheit: Ich packte mit den Zähnen den Tatzenschoner an den langen Bändeln und zog ihn die Brettchen runter. Doch der wehrte sich und sprang auf mich und trat mir auf den Kopf! Aber ich wollte ihn unbedingt haben. So zog und zerrte ich, er sprang mir auf den Rücken und er warf sich zwischen meine Pfoten, so dass ich über ihn stolperte. Aber irgendwann hatte ich ihn in unserer Höhle und brachte ihn sofort in meinem Geschenkeversteck in Sicherheit!

So konnte ich nun immer wann ich wollte meinen Kopf in den Tatzenschoner stecken und sofort hatte ich dieses schöne Gefühl!

Doch eines Tages kam Manni in unsere Höhle und fragte Frauchen, ob sie seinen „Lieblingssneaker" gesehen hätte. Sie überlegte kurz und sagte dann: „Ich hab da so eine Idee..."

Sie rückte den Sitzkasten von der Wand und da lag er: Der Lieblingssneaker! Inmitten von einer stattlichen Sammlung von Tannenzapfen, einer kleinen Plastiktüte, Leckerliestängelchen und einer leeren Klopapierrolle!

Als ich von meinem Streifzug mit den Mädels und Lazarus zurückkam, wollte ich mir vor dem Abendfresschen noch eine kleine Nase voll von meinem Tatzenschoner holen.

Aber der war weg! Sofort rannte ich zu der Tür und wollte hinauf zu meinen gut riechenden Freunden! Aber die Tür blieb zu. Und als ich das nächste Mal voller Vorfreude nach oben rannte erwartete mich ein Schock: Meine Freunde waren weg! Die Platte war leer! Statt dessen stand da ein großer Kasten. Aus dem roch es ziemlich gut! Meine Freunde waren nicht mehr da und wurden nun in dem Kasten gefangen gehalten!

Aber ich würde einen Weg finden, sie zu befreien!"

Nun kuschelten sich Lazarus und die kleine bunte Mausi zusammen und Kalli legte sich zu ihnen.

Ich bin jetzt auch etwas müde und ich freue mich auf das bevorstehende Osterfest. Und die Überraschung von Hexe.

Gute Nacht, euer Teddy.

39 DER DUNKLE TAG

Hallo, hier ist wieder euer Teddy.

Es sind noch zwei Tage bis zu diesem geheimnisvollen Osterfest, an dem ich endlich die Überraschung von Hexe erfahre.

Hier auf unserer Wiese ist eigentlich immer Sonnenschein, die Blümis blühen in allen Farben und es herrscht überall lustiges Treiben.

Aber heute war ein merkwürdiger Tag. Es wurde nicht richtig hell, die Sonne zeigte sich überhaupt nicht, es wehte kein Wind und die Blümchen ließen ihre Köpfchen hängen. Die Flatterer in der Luft hatten ihre Gesänge eingestellt und auch am Boden herrschte eine unheimliche Stille.

Alles schien irgendwie stillzustehen und der Regenbogen war erloschen.

Ich ging zu Hexe, die nachdenklich unter dem großen Baum lag. Selbst der stolze Baum, der sonst seine Arme in den Himmel reckte ließ seine Blätter hängen und leuchtete nicht in dem schönen Grün. So fragte ich Hexe, was denn das für ein sonderbarer Tag sei. Und ob das nun immer so sein würde.

Sie stellte mir daraufhin eine Gegenfrage: „Lieber Teddy, hast Du Dich schon einmal gefragt, wo das hier alles herkommt und wer das geschaffen hat?" Damit stand sie auf und ging ein Stück weiter und legte sich wieder hin.

So legte ich mich auch hin und dachte über die Frage von Hexe nach. Und – nein – eigentlich hatte ich mir noch nie überlegt, wo das alles hier herkam. Es war eben da! Auf der Erde hatte immer Frauchen oder irgendwelche Zweibeiner für uns gesorgt. Und auch wenn es uns schlecht ging, waren eigentlich meistens Zweibeiner daran schuld.

Aber hier auf unserer Wiese gab es keine Zweibeiner. Alles war einfach da und es ging uns einfach immer gut. Nur auf der ewigen Wiese waren ja die Zweibeiner mit ihren Tieren für immer zusammen. Aber auch dort ging es allen gut, ohne dass gefüttert wurde, oder Klöchen saubergemacht wurden. Auch dort sorgte irgendetwas oder irgendwer dafür, dass es sowohl den Zweibeinern als auch ihren Tieren einfach gutging.

So grübelte ich eine Zeit vor mich hin, kam aber zu keinem Ergebnis. Es musste irgend etwas mit dem großen Regenbogen zu tun haben. Denn heute – wo der Regenbogen erloschen war – hatte die Dunkelheit Besitz von unserer Wiese genommen.

Da kam Hexe zu mir zurück und legte sich neben mich. Lange war sie still und wir beide konnten die Ruhe um uns herum hören. Aber es war irgendwie keine schöne Stille. Unsere Wiese schien den Atem anzuhalten und es war wie ein stummer Schrei.

Hexe fing nun leise an zu erzählen.

„Unsere Wiese gibt es schon unvorstellbar lange. Der sie geschaffen hat, schuf lange vorher die Erde und die Zweibeiner und auch uns Tiere. Am Anfang lebten Zweibeiner und alle Tiere in Einklang und ohne Konflikte, ohne Krieg und ohne

Verbrechen. Die Menschen waren gut zu einander und den Tieren. Aber die Zweibeiner fingen irgendwann an, sich zu bekämpfen. Streit, Missgunst, Habgier, Lügen und Kriege zogen bei den Zweibeinern ein. Und auch das friedliche Zusammenleben mit uns Tieren hörte bei vielen Zweibeinern auf. Die Tiere wurden ausgenutzt und ausgebeutet und wenn sie nicht mehr zu gebrauchen waren und nicht mehr „rentabel" waren wurden sie weggeworfen. Oder sie wurden von ihren Besitzern misshandelt. Viele wurden angeschafft, weil sie so niedlich waren, solange sie klein waren, aber wenn sie größer wurden, mussten sie weg. Dann wurden sie einfach ausgesetzt oder totgeprügelt.

So wie sich viele Zweibeiner negativ entwickelten, blieben die Tiere immer das was sie von Anfang an waren: Freunde der Zweibeiner, die immer ohne Arg waren und ihre Herrchen und Frauchen immer bedingungslos liebten, egal was sie ihnen antaten.

Der große Geist beschloss, den Tieren wenigstens nach dem Abschied von der irdischen Welt ein Paradies zu schaffen wo die guten Herrchen und Frauchen sich wieder nach ihrem Tod mit ihnen vereinigen konnten und für immer mit ihnen zusammen sein durften.

Es gab auch Zweibeiner- wie das Herrchen von Buffy und Ziemzer - die zwar Fehler im Leben gemacht hatten, aber die auf der Straße der Ewigkeit über ihre Fehler nachdenken und sie bereuen konnten. Dann durften auch sie auf der ewigen Wiese mit ihren Tieren zusammensein.

Den Zweibeinern, die sich großer Sünden schuldig gemacht, oder die Tiere gequält oder getötet hatten, blieb der Zutritt zu der ewigen Wiese versagt. Auf sie wartete die ewige Dunkelheit.

Der große Geist sah die schlimme Entwicklung auf der Erde und schickte seinen Sohn als Zweibeiner dorthin. Viele gute Menschen folgten ihm, aber es gab auch viele Zweibeiner, die eine Gefahr für ihre Macht in ihm sahen und ihn verfolgten.

Und genau an diesem heutigen Tag vor unendlich langer Zeit nahmen sie ihn gefangen und töteten ihn. Und an diesem einen Tag stand die Welt still."

Und da verstand ich: Der Regenbogen war der Sohn. Und der war heute erloschen.

Ich spürte, wie Hexe ihr Pfote auf meinen Kopf legte.

Sie sagte:" Warte ab mein kleiner großer Freund, in zwei Tagen ist das Osterfest, dann wird alles gut."

40 DIE ÜBERRASCHUNG

Hallo, hier ist euer aufgeregter Teddy.

Zwei Tage war nun der Regenbogen erloschen und unsere Welt hier war dunkel und still.

Heute bin ich aufgewacht und der Regenbogen spannte sich in unglaublicher Helligkeit und strahlenden Farben über die ganze Wiese. Und nicht nur über unsere Wiese, er war so riesig, dass er auch die ewige Wiese überstrahlte. Die Blümchen schienen noch viel bunter als sonst zu sein und sie streckten ihre Gesichter in die Richtung des Regenbogens.

Der riesige Baum inmitten unserer Wiese erstrahlte in einem wunderschönen Grün und aus seinen Zweigen rieselten glänzende bunte Tropfen auf die Wiese

Die Flatterer tanzten durch die Luft und sangen ihre schönsten Lieder und alle Tieren schienen irgendwie freudig aufgeregt zu sein. Um uns herum sammelten sich die Gruppen und setzten sich in Bewegung.

Hexe kam zu mir und sagte zu mir: Nun Teddy, die dunkle Zeit ist vorüber, es ist Ostern! Und nun sollst Du auch Deine Überraschung bekommen. Aber nicht nur Du bekommst Deine Überraschung, hole Hanibal, Schildie und das kleine Mäuschen und folge uns."

Mit diesen Worten ging sie voran in die Richtung der geheimen Brücke. Und die ganze Frauchengruppe folgte ihr. Also trottete ich mit meinen drei Freunden hinterher. Schöne Überraschung! Es würden wieder alle über die geheime Brücke zu Oma-Frauchen gehen und wir mussten auf unserem Teil der Wiese bleiben. Nun ja, vielleicht würde ja irgendwann später, wenn alle wieder zurück waren, noch eine kleine Überraschung für mich da sein.

So kamen wir an der geheimen Brücke an und Hexe ging darüber und alle folgten ihr. Wir legten uns ins Gras und machten uns bereit, auf die anderen zu warten.

Doch dann tauchte Hexe wieder auf der Brücke auf und winkte uns mit der Tatze zu. Was wollte die denn noch? Wir warteten doch schon ganz brav. So beschloss ich, das Winken zu ignorieren und drehte mich einfach um. Ich war schon etwas beleidigt.

Plötzlich spürte ich eine Pfote auf meinem Rücken. „Komm Du sturer Riesenkater, Deine Überraschung wartet!"

Ich stand auf und folgte mit den anderen der alten Hexe. Sie ging über die Brücke und ich wusste nicht, was ich tun sollte. In der Mitte der Brücke würde ich ja doch wieder gegen die unsichtbare Wand rumsen!

Auf der ewigen Wiese sah ich Oma-Frauchen mit ihrer Minka auf der Bank sitzen und sie winkte mich zu ihr. Um sie herum war unsere Gruppe und Hexe saß neben Oma-Frauchen auf der Bank und winkte mir auch zu.

Ok, dann würde ich halt mal wieder gegen die unsichtbare Wand rumsen, damit die da drüben endlich verstanden, dass ich nicht rüber konnte, weil ich ja Oma-Frauchen zu ihren Zeiten auf der Erde nicht kennenlernen durfte, weil sie da ja schon über die

Brücke gegangen war. So setzte ich vorsichtig eine Tatze vor die andere und wartete auf den Rums. Die anderen blieben dicht hinter mir.

Aber da war heute keine Wand. Ich konnte über die geheime Brücke gehen und nichts hielt mich auf. Und das kleine Mäuschen hüpfte an mir vorbei zu der Bank und legte sich gleich neben Hexe und Oma-Frauchen.

Ich war noch etwas vorsichtig und setzte meine Tatzen auf die Wiese. Und ich stellte fest, dass das Gras hier noch viel weicher war als auf unserer Seite. Und die Blümchen waren noch bunter als bei uns drüben. Alles wurde von dem riesigen Regenbogen in den wunderschönsten Farben erhellt.

Nun verstand ich es: Das war die Überraschung, ich durfte Oma-Frauchen kennenlernen! So ging ich langsam zur Bank und Oma-Frauchen streckte mir ihre Hand entgegen. Sie sah wirklich aus wie Frauchen, nur älter. Aber die Stimme war wie die von Frauchen als sie zu mir sagte „Du bist also Teddy, der Seelenkater von meiner Tochter Doris. Du bist wirklich der größte und schönste Kater, den ich jemals gesehen habe und ich weiß, dass Du gemeinsam mit unserer Hexe auch von hier gut auf Doris aufpasst. Aber heute und morgen können wir uns kennenlernen und ich kann euch Geschichten von Frauchen erzählen. Heute ist der Tag der Zusammenkunft und auch eure Freunde, die schon mit ihren Herrchen und Frauchen hier auf der ewigen Wiese sind, werdet ihr wiedersehen."

Kaum hatte sie das ausgesprochen, sahen wir aus der Ferne das Herrchen, das nach seiner langen Wanderschaft hier angekommen war, mit Buffy und Ziemzer über die Wiese kommen. Das Herrchen begrüßte Oma-Frauchen herzlich und

Buffy und Ziemzer kamen zu uns herüber. Aber Buffy ging ganz schnell zu seinem Herrchen, der sich jetzt neben Oma-Frauchen auf die Bank gesetzt hatte. Buffy schleckte die Hände von ihr ab und quetschte sich zwischen die beiden. So konnte sie von beiden geknuddelt werden und das gefiel unserem alten Hundemädchen.

Dann hörten wir plötzlich eine wunderschöne Stimme, die ein fröhliches Lied sang. Es war das kleine Mädchen, das wegen ihrer Krankheit so früh über die Brücke kommen musste. Sie hatte das kleine Bunti, die jetzt Joie – Freude – hieß auf dem Arm und sie sprang fröhlich durch das Gras auf uns zu.

Oma-Frauchen stand auf und breitete ihr Arme weit aus und das kleine Mädchen flog ihr in die Arme.

Sie umarmten sich und Oma-Frauchen sagt zu der Kleinen, dass sie jetzt – wenn sie wollte – bei ihr bleiben könnte, bis eines Tages ihre Eltern über die Brücke kämen. Die kleine Madeleine – so hatten sie ihre irdischen Eltern genannt – schien sich sehr zu freuen und krabbelte zusammen mit Joie auf den Schoß von ihrer neuen Oma und kuschelte sich an sie.

So begann ein wunderschöner Tag. Wir spielten zusammen, kuschelten mit Oma und Herrchen. Die kleine Madeleine durfte auf Poco sitzen und er trug sie und Joie und das kleine Mäuschen durch die Gegend.

Nur Hanibal und Schildie saßen am Rand und schienen auf jemand zu warten. Hanibal war ja schon öfter hier, weil er das bunte Herrchen mit dem vielen Eisen im Gesicht besucht hatte. Aber der war nicht da. Sicher hätte er ihn seiner Gefährtin Schildie gerne vorgestellt.

Irgendwann wurde es ihm wohl zu lange und er gesellte sich zusammen mit Schildie zu uns allen.

Doch da ertönte von Weitem ein Pfiff. Hanibal erstarrte und dann rannte er in die Richtung des Pfiffes los. Und dann sahen wir sie: Eine riesengroße Gruppe von Fellnasen. Katzen, Kater, Welpen und uralte Tiere. Und Vornweg ein riesengroßer Zweibeiner, der von oben bis unten mit bunten Bildern bemalt war und im Gesicht viele Spieße und Kugeln hatte. Bei ihm hatte Hanibal die letzten Jahre seines Lebens in Frieden und gut versorgt mit anderen Katzen leben dürfen. Und ihm wollte er unbedingt seine Gefährtin Schildie vorstellen.

Die vielen, vielen Katzentiere um ihn herum waren alles Tiere, die er während seines langen Lebens auf der Erde gerettet, gepflegt und bis zu ihrem Übergang über die Brücke bei sich hatte. Die anderen Zweibeiner hatten oft Angst vor ihm und gingen ihm aus dem Weg. Aber das war ihm egal, er liebte seine Katzen! Nur mit Frauchen hatte er Freundschaft geschlossen. Sie unterstütze ihn oft mit Futter für die Tiere oder half, wenn ein Tier krank war und zum Weißkittel musste.

Oma-Frauchen ging zu ihm und nahm auch ihn herzlich in den Arm. Da kullerte ein Tropfen Wasser über das bemalte Gesicht...

Er setzte sich zu Omas Füssen und sofort legten sich alle seine vierbeinigen Gefährtinnen und Gefährten um ihn herum.

Die Zweibeiner hatten sich viel zu erzählen aber auch wir lernten uns alle untereinander kennen und hatten viel Spaß.

Doch irgendwann lagen wir alle bei der Bank um Oma-Frauchen herum und baten sie um eine Geschichte, die sie mit unserem Frauchen erlebt hatte.

Sie dachte kurz nach und sagte dann: „Es gab ein Osterfest, an das nicht nur ich mich gerne erinnere. Und davon möchte ich euch gerne erzählen. Aber ich bin jetzt schon etwas müde. Ich muss jetzt etwas ruhen und dann werde ich euch die Geschichte gerne erzählen."

Auch wir waren nun schon etwas müde, so kehrte langsam Ruhe ein.

Bis jetzt war das ein wunderschönes „Ostern" und meine Überraschung hätte nicht schöner sein können.

Ich, der Teddy und alle meine Freunde wünschen euch frohe Ostern!

41 HERR MÜLLER UND DAS OSTERFEST

Hallo, hier ist wieder euer Teddy und als ich heute wach wurde, dachte ich zuerst, ich hätte das was geschehen war, nur geträumt.

Aber dann nahm ich den riesengroßen strahlenden Regenbogen wahr und als nächstes sah ich Oma-Frauchen und die anderen Zweibeiner. Und all die Tiere. Diejenigen, die zu unserer Frauchengruppe gehörten und die anderen, die zu dem bunten Mann gehörten.

Oma-Frauchen war schon wach und schaute glücklich in die Runde. In ihrem Arm lag die kleine Madeleine mit Joie und im anderen Arm hatte sie die ihre geliebte Katze Minka.

Nun versammelten sich alle um Oma-Frauchen und warteten gespannt auf die Geschichte, die sie uns vor dem Einschlafen versprochen hatte.

Als alle beisammen waren fing Omi-Frauchen an zu erzählen:

„Ich hatte in einem der letzten Jahre, die ich auf der Erde sein durfte, eine tolle Idee. Da ich ja keine menschlichen Enkelchen zum Ostereier verstecken hatte, wollte ich meinen vierbeinigen, bepelzten Enkelkindern ein schönes Osterfest bereiten. Bei schönem Wetter sollten die kleinen und großen Fellnasen im Garten „Ostereier“ suchen.

Ich fuhr zu meiner Tochter Doris um ihr meine Idee zu unterbreiten. Bei einem Glas Sekt, na ja, es wurde schließlich eine Flasche, machten wir Brainstorming. Eine Möglichkeit für die gerechte Verteilung der Suchobjekte war schnell gefunden: Wir mussten den Garten nur in Parzellen aufteilen. Nur? Der Garten war ziemlich groß und womit konnten wir den denn aufteilen? Die Lösung: Im Keller war noch die Sichtblende von dem Zaun auf dem alten Campinggrundstück. Das war eine blau-weiße Balkonbespannung und die musste eigentlich ausreichen. Also ab in den Keller und unter fürchterlichem Gekicher die Rolle gesucht. Wir machten den kompletten Keller auf Links! Und was da alles auftauchte. Das Raclette, das ich schon so lange gesucht hatte. Unmengen von Schrauben und Nägeln, damit konnte man sicherlich ein Haus bauen! Ein Karton mit Büchern, der war seit meinem letzten Umzug – vor 12 Jahren – verschollen. Ich fing sofort an zu stöbern und würde, wenn Doris mich nicht an den Grund unseres Kellerganges erinnert hätte, sicherlich jetzt noch im Keller sitzen und lesen. Aber letztendlich fanden wir die Rolle mit der Bespannungsfolie. Natürlich in der hintersten Ecke. Sauschwer, nun ja, es waren ja auch ca. 50 Meter. Doris wuchtete den Ballen also aus der Ecke und schleppte das Teil nach oben.

Aber womit das Zeug befestigen? Doris fiel ein, dass am neuen Haus ihres Chefs noch Armierungseisen lagen, die wären gut geeignet. Da er im selben Ort wie wir, quasi um die Ecke wohnte, sind wir da direkt hingefahren. Er hat sich fast totgelacht über unsere Idee und wir konnten die Dinger einsacken. Beim Aufbau am Samstag wollte er unbedingt helfen.

Nun musste ich noch Doris` Vermieter – einen guten Freund von uns - informieren. Er bekam auch einen Lachkrampf und er und seine Frau wollten auch zum Helfen kommen. Katzenbesitzer eben!

Es war mittlerweile dunkel geworden und so brachten wir die „Beute“ in die Garage. Gut, dass Doris′ Nachbar da gerade auftauchte. Für den Hünen war es ein Leichtes, die schweren Teile in die Garage zu legen. Unseren Plan fand er prima und er schlug vor, vier Teile abzuteilen, damit sein kleiner Kater Lazarus auch „Ostereier“ suchen konnte. Auch er wollte beim Aufbauen helfen.

Ich sah es schon kommen, allein der Aufbau würde schon ein großer Spaß werden!

Samstag Vormittag vor Ostern ging es daran, Leckerlies für unsere Kandidaten zu kaufen. Für das dicke Hexelein: Leicht, alles was essbar ist! Aber sie bekam ihre Lieblingsstängelchen. Außerdem würden wir ihr ein Schälchen mit Milchi hinstellen und ich kaufte noch Leberwurst, aus denen ich kleine Hasenplätzchen für alle gebacken habe. Kalli ist unser Feinschmecker. Da hieß es, etwas Besonderes zu kredenzen um ihn überhaupt dazu zu bewegen, sich auf die Suche zu begeben. Ok, er bekam ein schönes Rumpsteak! Und auch er würde ein Schälchen Milchi bekommen. Nun Hexes Schwesterchen, unser hübsches buntes Mausi… sie liebte Hähnchenherzen und Hähnchenleber. Beides leicht angegart. Roh fraß sie die nicht, durch auch nicht. Und auch sie würde die Leberwurstplätzchen bekommen und die Milchi sowieso. Um die Leckerlies für seinen Lazarus wollte sich Doris′ Nachbar Manni selbst kümmern.

Nun war die Zeit für den Aufbau unseres „Katzenlabyrinths“ gekommen. Es fanden sich tatsächlich alle ein. Doris′ Chef kam mit seiner Frau. Sie hatten einen Kasten Sekt dabei. Der Vermieter hatte einen Kasten Bier dabei. Sein Bruder, den wir auch gut kannten und der eine Metzgerei hatte, kam direkt mit und brachte zwei große, frisch gebackene Leberkäse mit die unglaublich lecker dufteten.

Zuerst hieß es also erst einmal – Stärken! Ich hatte in weiser Voraussicht einen Sack frischer Brötchen und Brezeln geholt und so fielen wir über den Leberkäse her. Der war köstlich! Nun war auch mein Sohn Harald zu der geselligen Runde gestoßen und bereicherte das kulinarische Angebot noch um Pfefferbeißer und kaltes Weizenbier. Und das alles stehend im Garten, zwar bei Sonnenschein aber noch bei unter 10 Grad Celsius. Es war einfach klasse!

Nun wurde es – frisch gestärkt und guter Laune – ernst! Die Männer holten den Ballen aus der Garage und rollten ihn aus. Mumifizierte Spinnen und ihre lebenden Nachkommen kamen zu Hauf zum Vorschein.

Dann kamen die guten Ratschläge, wie die Parzellen abzustecken seien. Die Männer überschlugen sich vor Ideen, eine wahnwitziger als die andere. Das Bier zollte seinen Tribut! In der Zeit, in der sich die Herren der Schöpfung in hitzige Diskussionen verstrickten, schlugen Marion, Doris und ich die Stäbe in gleichgroßen Quadraten um den Zaun, jede Fläche 2x2 Meter groß. Das war klein genug, dass die Fellies auch ihre Geschenke finden konnten. Und die „Parzellen" waren weit genug voneinander entfernt, dass die vier sich nicht in die Quere kommen konnten. Dann „erlaubten" wir den verblüfften Kerlen, die Bespannung unserer Parzellen vorzunehmen.

Mittlerweile war auch die Nachbarschaft auf unser Tun aufmerksam geworden. Auf der Straße und auf den Balkonen tat sich immer mehr. Vor dem Zaun hatte sich eine kleine

Menschentraube eingefunden und ich erklärte schließlich den Neugierigen, was wir hier veranstalteten. Das rief große Heiterkeit hervor und ehe wir es uns versahen, hatten wir noch mehr Helfer an Bord. Denen natürlich auch der Leberkäse, das Bier und der Sekt schmeckte. Plötzlich stach mir ein Geruch in die Nase: Es brannte! Woher kam der Geruch?

Schnell klärte es sich auf! Der Nachbar von gegenüber hatte seinen Grill auf die Straße gerollt und angefeuert. Gut, dass es sich um eine Sackgasse handelte! Der andere Nachbar hatte Biertische und Bänke aufgestellt und er sagte, dass seine Frau gerade ihren weltberühmten Nudelsalat fertig machte. Die andere Nachbarin kam derweil mit einer Riesenschüssel Kartoffelsalat aus ihrem Haus.

Mit vereinten Kräften hatten wir mittlerweile unsere Parzellen fertiggestellt und es sah richtig gut aus. In allen vier Ecken des Gartens waren gleichgroße Quadrate mit der Absperrfolie hergestellt. Ein Stück Rasen, ein Busch - genug um die „Ostereier" zu verstecken.

Es wurde dann noch ein sehr geselliger Abend, wir saßen in dicken Klamotten und teilweise in Decken gehüllt auf der Straße und feierten bis tief in die Nacht.

Am nächsten Morgen war endlich der spannende Ostersonntag da. Ich kam mit den Leckerlies und wir verteilten alles in den entsprechenden Parzellen. Manni hatte für Lazarus Tatar und Milchdrops und für meinen Kalli hatte er noch einen besonders alten Sneaker dabei. Kalli liebte ja diese alten Schlappen!

Jetzt war der spannende Moment gekommen. Würden meine pelzigen Enkel begreifen, was wir von ihnen wollten? Gleich würden wir es wissen!

Wir ließen die Drei raus und Doris, mein Sohn Harald und ich liefen in den Garten. Die Feiergesellschaft von gestern hatte sich auch schon eingefunden, bereichert durch ihre Kinder. Aber es war absolute Ruhe. Langsam näherte sich Kalli dem Geschehen. Doris nahm ihn auf den Arm und setzte ihn in seine „Parzelle". Sofort begann er zu schnuppern. Rumpsteak? Nö! Milchie? Nö! Sneaker? Jaaaa! Sofort steckte er seinen Kopf in den alten Schlappen und bekam diesen komischen glasigen Blick. Ok - stoned!

Hexe war nun auch schon im Garten und die vielen Lappen, die da rumhingen, waren ihr doch etwas suspekt. Aber dann war wohl der Duft zu verlockend. Sie sprang in die Parzelle von Kalli und fraß das Rumpsteak auf, dann soff sie die Milch. Mittlerweile hatte Doris die kleine bunte Mausi auf dem Arm und setzte sie in ihr Abteil. Sie schnupperte an ihren Hähnchenherzen und die waren offenbar genehm. Aber da war auch schon ihre Schwester Hexe neben ihr und drängte sie zur Seite. Mausi wich gehorsam und Hexe fraß in einem Affenzahn auch Mausis Leckerlies. Jedoch hatte sie wohl schon einen anderen Geruch in der Nase und guckte sich beim Fressen nervös um. Da musste doch noch etwas sein…

Lazarus war von seinem Herrchen in sein Abteil gesetzt worden und mampfte an seinem Tatar. Hexe war in ihrem Abteil angekommen und ihr schmeckten offenbar die Leberwurstplätzchen besonders gut.

Das Schauspiel begeisterte die „Zaungäste“ total und alle hatten die Ostereiersuche ihrer Kinder auf danach verlegt. Plötzlich fegte ein Schatten um die Ecke. Der Dackel einer der Nachbarn hatte sich losgemacht, für ihn war wohl der Geruch zu verlockend. Er raste durch die so schön gebastelten Absperrungen in die Parzelle von Kalli. Der erwachte schlagartig aus seiner Trance und sprang aus dem Stand ca. einen Meter hoch. Herr Müller – der Dackel – versuchte sich die Reste des Rumpsteaks zu klauen, aber da war auch schon Lazarus an der Seite von Kalli.

Und schon ging die wilde Jagd los. Kalli jagte Herrn Müller, Herr Müller war hinter Lazarus her, und alle quer durch die Absperrungen. Unsere schönen blau-weissen Parzellen flogen durch die Gegend.

Hexe war am Fressen, aber Herr Müller schoss durch ihren „Zaun“ und der legte sich über unser Dickerchen. Sie wollte sich befreien und verwickelte sich in der Folie. Kalli hatte Herrn Müller in einer Ecke des Gartens gestellt. Er sah absolut furchteinflößend aus, grollte und war bereit zum Sprung! Riesen Schwanzbürste und ein unglaublicher Buckel! Lazarus war hinter Kalli und hatte an seinem kleinen Schwanzstummelchen eine kleine Bürste und einen dicken Buckel. Das Frauchen von Herrn Müller fiel von einem hysterischen Anfall in den nächsten und war offenbar einer Ohnmacht nah. Da ging mein Bruder langsam auf die Zankenden zu und nahm den Dackel auf den Arm und somit aus der Gefahrenzone. Er legte das zitternde Bündel „Jagdhund“ in den Arm seines Frauchens und die war wieder glücklich und küsste Herrn Müller von oben bis unten ab.

Kalli und Lazarus beschnupperten sich und dann gingen sie gemeinsam durch den total verwüsteten Garten zum Lazarus-Tatar und fraßen gemeinsam den Rest auf.

Hexe hate sich in der Zwischenzeit durch die Reste in den Parzellen gefressen, sie war mittlerweile bei der Milchi von Kalli angelangt und verzog sich dann gemütlich Richtung Wohnung. Aber wo war Mausi?

Ich ging in die Wohnung und da saß Mausi gemütlich auf dem Wohnzimmertisch und verspeiste einen Leberwurstkeks. Hexe lag auch schon dick und zufrieden auf der Couch und da kam auch schon Kalli mit seinem Freund Lazarus.

Nun begaben wir uns an die Aufräumarbeiten im Garten und die Nachbarn konnten nun endlich die Ostereiersuche ihrer Kinder beginnen.

Das war unser schönstes Ostern seit Jahren!"

Wir freuten uns alle über die schöne Geschichte und die Zweibeiner überlegten schon, ob wir bei unserem nächsten Osterfest auch einmal so etwas veranstalten sollten.

Nun wurde der Regenbogen langsam blasser und es war Zeit, wieder auseinander zu gehen. Der bunte Zweibeiner scharte seine Meute um sich und dann gingen sie davon. Bald waren sie verschwunden. Auch das Herrchen ging mit Buffy und Ziemzer seines Weges. Nur die kleine Madeleine blieb mit Joie bei Oma-Frauchen auf der Bank.

Wir gingen über die kleine Brücke zurück auf unsere Wiese. Ich ging als Letzter und als ich fast drüben auf unserer Wiese war, drehte ich mich um und wollte noch einmal zurück. Rums – die durchsichtige Wand war wieder da.

Aber Hexe hatte mir gesagt, dass es noch ein Fest gäbe, an dem wir alle wieder zusammen sein dürften. Sie nannte es „Weihnachten".

Das freute mich sehr. Und da es hier bei uns ja die „Zeit" nicht gibt, würde das Wiedersehen für uns alle nur einen Wimpernschlag dauern.

Ich wünsche euch noch einen friedliches Osterfest.

Bis bald, euer Teddy

42 WUTTI UND WUTZ

Hallo, hier ist wieder euer Teddy.

Heute war wieder einmal ein ziemlich aufregender Tag: Unsere Gruppe hat Zuwachs bekommen!

Und das hätten wir fast nicht bemerkt!

Aber von Anfang an...

Hexe und ich lagen nach dem aufregenden Osterfest wieder einmal im hohen Gras und ruhten uns aus. Irgendwann hörte ich im Halbschlaf ein „krschkrschkrsch" im Gras. Ich schaute hoch, aber da war nichts. Also legte ich mich wieder hin und schaute den Blümis zu, wie sie sich im Wind hin- und her wiegten.

Aber komischerweise bewegten sich einige Blümis in die andere Richtung. Und sie pfiffen! Ich rieb meine Augen und schaute noch einmal hin. Die Blümis bewegten sich nun wieder mit dem Wind und waren still.

So legte ich mich wieder hin, ich hatte wohl geträumt.

Fast war ich wieder eingeschlafen, da fingen die Blümis wieder an zu pfeifen! Und sie bewegten sich auf mich zu. Das war ziemlich unheimlich! So weckte ich vorsichtig Hexe und berichtete ihr von meiner Beobachtung.

Sie sah mich ungläubig an und dann sagte sie nur: „Teddy, Du spinnst! Hast Du wieder von den lustigen Früchten genascht?“ Und dann wollte sie sich wieder hinlegen. In diesem Moment fingen die Blümis ganz dicht bei uns an zu pfeifen!

Hexe sprang auf und hüpfte in Richtung der Pfiffe. Da bewegten sich die Blümis ganz schnell von uns weg und pfiffen wie verrückt.

Das war uns beiden doch ziemlich unheimlich und wir beschlossen, zurück zu unserer Gruppe zu gehen. Vielleicht wusste da ja jemand, was das für merkwürdige Blümis waren.

Wir waren schon fast bei unserer Frauchen-Gruppe angekommen, da drehte ich mich noch einmal um und sah, dass uns das Gras in einiger Entfernung folgte.

Nun bekamen wir beide doch etwas Angst und wir rannten den Rest der Strecke.

Als wir dann endlich angekommen waren, berichteten wir unseren Freunden, was uns passiert war. Und da hörten wir auch schon in einiger Entfernung die seltsamen Pfiffe.

Unser kampferprobter Hanibal machte sich auf den Weg in die Richtung, aus der die Pfiffe kamen. Da wollte ich nicht nachstehen. Schließlich war ich ja auch ein großer Kämpfer!

Wir gingen ins hohe Gras und da hörten wir wieder dieses „Krschkrschkrsch“, aber dieses Mal aus zwei verschiedenen Richtungen. So teilten wir uns auf und schlichen in die Richtung, aus der die Geräusche kamen. Nun bewegte sich vor mir das hohe Gras. Und das waren komische Geräusche, die sich anhörten wie

„Göckgöckgöckgöck" und die Grashalme bewegten sich ziemlich heftig.

Ich legte mich ganz still auf den Boden und wartete. Von Hanibal hörte ich nichts mehr, also ging ich davon aus, dass er entweder auch auf der Lauer lag oder das ihn eines der Ungeheuer erlegt hatte.

Plötzlich teilte sich vor mir das hohe Gras und das Ungeheuer kam mir entgegen: Es war ein Riesenflitzie! Ohne Schwanz, dafür lustig bunt und mit Wuschelfell! Was war denn das für ein komisches Flitzie? Es sah mich und fing ohrenbetäubend an zu pfeifen!

Da packte ich es im Genick und schlagartig wurde dieses Monsterflitzie still und bewegte sich nicht mehr! Ich schleppte es aus dem Gras heraus zur Gruppe und genau in diesem Moment kam von der anderen Seite Hanibal mit dem anderen Riesenflitzie im Maul. Es hatte glattes Fell, aber auch keinen Schwanz und es war auch bunt.

Wir legten unsere Beute vor die Gruppe und überlegten, was wir jetzt tun sollten. Wir dürfen hier hinter dem Regenbogen niemals nicht andere Tiere töten und schon gar nicht aufessen! Aber wir hatten die beiden Monsterflitzies offenbar totgemacht!

Während wir noch überlegten, sprangen die beiden „toten" Flitzies auf ihre vier winzigen Füße und pfiffen uns an.

Dann fragte Hexe die beiden, wer sie denn seien, wo sie herkamen und was sie von uns wollten.

Das wuschelige Flitzie trat einen Schritt vor und sagte nun in der Sprache, die alle auf der großen Wiese verstehen: „Wir sind Wutti und Wutz. Wir sind auf der Suche nach der Gruppe von Doris-Frauchen. Und wir haben gehofft, dass wir sie gefunden hatten, als wir Teddy und Hexe sahen. Unser großer Freund Poco, der zusammen mit unserer alten Familie, den Pferden, auf der großen Koppel wohnt, hat uns den Weg hierher und die beiden ganz genau beschrieben."

Hexe antwortete, dass sie schon hier richtig seien, das ist die Doris-Frauchen Gruppe. Aber die ersten Tiere, die Doris-Frauchen hatte, waren Buffy und Ziemzer!

Da trat das andere Monsterflitzie mit dem glatten Fell vor und sagte: „Das mag auf die erwachsene Doris zutreffen. Wir aber waren die allerersten Tiere, die Doris-Frauchen hatte. Da war sie noch eine kleine Zweibeinerin und ihr alle wart noch nicht geboren. Sie hat uns an dem Tag, als sie mit einer riesengroßen Tüte an unserer durchsichtigen Wand, wo wir mit vielen Artgenossen wohnen mussten, gesehen und Doris hat sich uns beide Meerschweinchen zur „Einschulung" gewünscht."

So kam kurze Zeit später die Mama von Doris-Frauchen und wir wurden in eine winzige Schachtel mit kleinen Löchern gepackt. Eine kurze Zeit wurden wir in der Schachtel herumgeschleudert und dann wurde es plötzlich ganz ruhig. Wir hatten ziemlich viel Angst in unserem kleinen Gefängnis, aber da wurde der Deckel aufgemacht und zwei riesengroße Pfoten packten uns und hoben uns heraus.

Wir wurden in einen ziemlich großen Kasten mit Stäbchen rundherum gesetzt. Hier war ganz viel von dem Raschelzeugs, was auch gut schmeckte, drin und es roch gut. Und wir waren alleine hier drin und hatten viel mehr Platz als in dem komischen Kasten vor der durchsichtigen Wand wo wir mit ganz vielen

Artgenossen wohnen mussten. Und da waren Näpfchen, die waren voll mit leckerem Fresschen und ganz sauberes Trinkzeugs. Und es lag nicht überall Kacka rum und der weiche Sand unter dem Raschelzeugs stank auch nicht nach Pippi. Und da war auch eine Höhle in der wir uns verstecken konnten. Und noch eine andere kleine Höhle mit Stäbchen an der Seite, auf denen wir auf die Höhle klettern konnten.

Und es war ganz ruhig. Wir konnten uns ausruhen und so kuschelten wir uns in der kleinen Höhle aneinander und schliefen ein.

Irgendwann merkten wir, dass da etwas vor unserem neuen Zuhause war. Das war aber nicht die Zweibeinerin, die uns geholt hatte, sondern es war die kleine Ausgabe unserer Retterin. Und die steckte ihr kleine Pfote durch die Stäbchen.

In dem Kasten, wo wir mit den vielen Artgenossen wohnen mussten, wurden wir immer von ganz vielen Zweibeinern angepatscht und das war ganz schlimm für uns alle. Aber wir konnten ja nicht weg. Einer von uns hat da einmal gebissen, weil ein kleiner Zweibeiner ihn wirklich sehr gekniffen hatte. Als die weg waren, kam der große laute Zweibeiner, der uns einmal am Tag Essen gab, und holte unseren Freund, der sich nur einmal gewehrt hatte, aus dem Kasten heraus. Dann hörten wir unseren Kumpel nur noch einmal vor Angst rufen und dann war es still. Wir haben ihn nie mehr wiedergesehen!

Aber diese kleine Pfote machte gar nichts und so trauten wir uns daran zu schnuppern. Da gab die kleine Zweibeinerin lustige Laute von sich und zog die Pfote zurück. Statt dessen steckte sie ein langes Dings durch die Stäbchen. Das roch so lecker und wir trauten uns, da einmal dran zu knabbern.

Neben der kleinen Zweibeinerin saß nun auch die größere Ausgabe und auch sie grabschte nicht nach uns. Statt dessen machte sie den Deckel unseres neuen Zuhause auf und legte noch mehr Leckerlies herein.

Die große Zweibeinerin hieß wohl „Mama" - so nannte sie die Kleine. Sie sagte zu der Kleinen – die sie „Doris", oder „mein Schatz" oder „Bärbel" nannte – dass wir einen Namen bekommen sollten. Was das wohl sein sollte? So etwas hatten wir noch nie!

Doris überlegte eine Zeitlang und dann ging der Deckel wieder auf und sie legte jedem von uns so ein langes Ding, das sie „Möhrchen" nannte, vor uns hin und sagte zu mir, dass mein „Name" nun Wutz sei. Und mein strubbeliger Kumpel bekam den „Namen" Wutti.

Uns war das ziemlich egal, aber wenn dieser „Name" immer mit diesen leckeren Möhrchen verbunden war, konnte sie uns gerne immer wieder neue geben!

So fing ein schönes Leben bei unserem Frauchen Doris an. Wenn ihr wollt, erzählen wir euch gerne, wie unser aller Frauchen als Kind-Zweibeinerin so war und wie unsere Geschichte weiter ging. Aber nun sind wir etwas müde. Es war ein langer und anstrengender Weg zu euch und wir sind so froh, dass wir euch gefunden haben."

Die beiden legten sich nun ins hohe Gras und schliefen ein. Alle freuten sich, dass wir nun die beiden bei uns hatten und dass sie uns ganz viel von Frauchen erzählen konnten, was wir noch nicht wussten.

Aber nun wollten wir auch schlafen. Hanibal war noch immer etwas traurig, dass er nicht wenigstens eines der schwanzlosen

Riesenflitzies essen durfte. Aber schließlich zog er sich grummelnd zurück.

Wir freuen uns alle auf die Geschichte von Wutz und Wutti.

Euer Teddy!

43 DAS SCHREIENDE BÜNDEL

Hallo, hier ist wieder euer lieber Teddy.

Nachdem gestern so ein aufregender Tag war, wollte ich heute schön ausschlafen. Früher war ich immer schon ganz früh auf den Pfoten, aber Frauchen hat mir in der langen Zeit, in der ich bei ihr sein durfte, beigebracht, dass es am Schönsten ist, wenn man lange im Schlafkasten bleiben kann. Wir haben dann immer noch ganz viel geschmust und die beiden Kleinen kamen dann auch dazu und haben mit geknuddelt. Das war immer ein schöner Tagesanfang.

Und so halte ich es auch hier im Regenbogenland. Und Hexe mag das genauso.

Also lagen wir an diesem neuen Tag beisammen und dösten in den Tag hinein. Doch plötzlich ertönte direkt neben uns im hohen Gras ein ohrenbetäubendes Pfeifen.

Wir sprangen beide mit allen vier Pfoten in die Höhe, bereit, uns gegen den Angreifer zu verteidigen!

Doch dann fiel uns ein, dass es hier oben gar keine Angreifer geben konnte! Wir alle lebten in Frieden miteinander. Aber was war das?

Dann fiel es uns ein: Wutz und Wutti! Die kannten den Frauchen-Schlafrhythmus ja noch nicht! Als sie bei Frauchen waren, war die ja noch ein Mini-Zweibeiner und ihre Mama bestimmte, wann sie aufstehen musste. Und das war ganz früh...

So standen die beiden auf ihren winzigen Pfötchen vor uns und wollten uns ihre Geschichte erzählen. Wir holten die anderen – die alle auch noch geschlafen hatten – und setzten uns um die beiden Winzlinge herum.

So fing Wutti – das Strubbelmeerschweinchen – an zu erzählen:

„ Es war eine schöne Zeit mit Doris-Frauchen und ihrer Mama! Doris-Frauchen war oft nicht da, aber wenn sie kam, durften wir aus unserem Stäbchenzuhause heraus und in der ganzen Wohnhöhle herumlaufen. Und die war ganz schön groß. Und überall lagen so lustige dünne und lange Dinger auf dem Boden. Die haben ganz lecker geschmeckt. Aber komisch war, dass Mama-Frauchen und vor allem der Zweibeiner mit der tiefen Stimme oft ganz böse wurden, wenn wir wieder so ein Dings durchgenagt hatten. Der Tiefstimm-Zweibeiner, den Doris-Frauchen „Papa“ nannte, war besonders böse, wenn das Flimmerdings nicht mehr funktionierte. Dann sprach er davon, dass er uns „grillen“ würde!

Aber dann kam der Tag, als Mama-Frauchen uns aus dem Stäbchenzuhause holte und uns in eine ganz kleine Kiste steckte. Und dann wackelte es ganz schlimm.

Wollte sie uns etwa in die schlimme Kiste, in der wir mit vielen Artgenossen wohnen mussten und uns dauernd irgend welche Zweibeiner angegrabscht hatten, zurückbringen?

Hatten wir etwas Schlimmes getan? Warum wollten sie uns denn nicht mehr? Und wo war Doris-Frauchen um uns zu beschützen? Wir riefen ganz laut nach ihr. Aber es rüttelte immer weiter.

Dann wurde es ruhig und wir wurden auf den Boden gestellt. Aber hier roch es überhaupt nicht nach der schlimmen Kiste. Hier roch es – lecker! Und durch die Stäbchen kam etwas, was wir nicht kannten. Es war unsichtbar und streichelte trotzdem unser Fell ganz zart. Das war ein schönes Gefühl!

Und dann kamen Frauchen-Mamas Pfoten, holten uns aus dem Kästchen heraus und setzten uns in etwas, was wir gar nicht kannten: Es kitzelte unsere Pfötchen, es war weich, es roch gut und vor allem: Es schmeckte! Und es war unvorstellbar hell um uns herum und das Helle wärmte unser Fell. Dazu kam dieses leise unsichtbare Streicheln. Und wir hatten ganz viel Platz! Es gab auch unsere Höhlen und noch mehr Zeugs zum Klettern. Aber wir konnten herumflitzen wie noch niemals in unserem Leben. Das war so schön!

Doris-Frauchen kam immer zu uns und streichelte uns, aber eigentlich haben wir sie hier gar nicht mehr gebraucht. Es war so schon hier in unserer kleinen Welt!

Aber dann kam die Zeit, als dieser unsichtbare zarte Streichler sich zu einem beissenden und kalten Feind entwickelte und dann holte uns Frauchen-Mama zurück in unser Höhlen-Zuhause. Aber da ging es uns ja auch sehr gut. Wir hatten Frauchen-Mama voll im Griff! Wenn wir sie hörten, mussten wir nur kurz pfeiffen, dann kam sie und brachte uns Leckerlies."

Wutz, der glatte Kumpel von Wutti, trippelte schon die ganze Zeit auf seinen winzigen Pfötchen und erzählte nun weiter:

„Wir hatte lange diese schöne Zeit, zum Teil auf dem schönen Kitzelgras, zum Teil in der Höhle. Aber immer ging es uns gut!

Eines Tages war Mama-Frauchen einige Zeit nicht da und wir befürchteten schon, dass wir verhungern müssten!

Doch dann kam sie in die Wohnhöhle und hatte ein merkwürdiges Bündel dabei. Es war irgendwie eingepackt und es schrie! Es pfiff nicht so wunderschön melodisch wie wir. Es quatschte auch nicht wie die Zweibeiner. Nein, es schrie! Und es hörte nicht auf.

Wir mussten uns nun unsere große Höhle – die von Mama-Frauchen „Kinderzimmer" genannt wurde – mit diesem Schreidings teilen. Und dauernd kamen irgendwelche Zweibeiner, die mit vollkommen komischer Stimme „wie Süß", so herzig der Kleine", „so ein Wonneproppen" und weiteres unsinniges Zeug riefen. Und das Dings schrie! Und sonst nix! Es wurde von Zeit zu Zeit von Mama-Frauchen aus seiner Kiste – die auch Stäbchen rundum hatte – herausgeholt. Dann lag er an Mama-Frauchens Bauch und war endlich mal still. Aber kaum legte sie den Schreihals an ihren Hals, kotzte er sie voll und fing wieder an zu schreien.

Aber das Schlimmste war, wenn sie ihn auf den Tisch neben unserem Zuhause legte und ihm die Lappen, die um seinen Bauch gewickelt waren, abnahm. Das stank! Das stank so sehr, dass wir uns in unsere Höhle zurückzogen. Sie wickelte dann neue Lappen um ihn herum und legte ihn wieder in seine Stäbchenhöhle. Dann war einen Moment Ruhe. Und dann – fing er wieder an zu schreien...

Aber dann kam wieder die schöne Zeit, in der wir draußen wohnen durften.

Und in der kalten Zeit bekamen wir nun einen schönen Platz in einer Höhle neben unserem „Freilauf" - so nannte es unsere Frauchen-Mama. Da konnten wir uns aussuchen, ob wir drinnen oder draußen sein wollten.

Irgendwann kam dann unser Doris-Frauchen mit einem kleine Zweibeiner auf dem Arm zu uns und stellte ihn an die Stäbchen, die uns beschützten. Der kleine brabbelte blödes Zeugs. Es hatte so lange gedauert, bis wir die Zweibeinersprache verstanden. Jetzt sollten wir auch noch dieses Gebrabbel verstehen? Nö!

Aber siehe da – das Dings lernte sehr schnell und konnte bald die Zweibeinersprache. Und es konnte laufen. Irgendwann krabbelte es mit seinen dicken Pfötchen unser Fell und das war auch ziemlich schön.

Trotzdem war es schon komisch, wie lange so ein Zweibeinerjunges brauchte, bis es mit seinen Eltern kommunizieren und mit seinen beiden dicken Beinchen laufen konnte. Wenn da bei uns so lange dauern würde, wären wir alle schon von unseren Feinden aufgefressen worden.

Aber der Kleine, der „kleiner Bruder Harald" hieß, wuchs sehr schnell und er war immer sehr lieb zu uns. Er krabbelt uns ganz lieb und versorgte uns mir Leckerlies.

So hatten wir viele Jahre ein wunderschönes Leben. Doris Frauchen war immer so lieb zu uns und Mama-Frauchen gehorchte uns aufs Wort!

Eines Tages wurde ich wach und mein Kumpel Wutti lag neben mir in unserer Höhle. Er bewegte sich nicht mehr. Ich habe ihn angestupst, aber er schlief weiter. Da kam Doris-Frauchen und hob ihn aus unserer kleinen Welt heraus. Sie gab komische Laute von sich und Wasser tropfte auf mich herunter.

Meinen Wutti habe ich nicht mehr wiedergesehen und ich war sehr einsam. Ich wollte nicht mehr essen und eigentlich wollte ich auch nicht mehr alleine hier sein.

So legte ich mich ins Kitzelgras und Doris-Frauchen versuchte, mich wieder zum Essen zu bewegen. Aber ich wollte nicht mehr!

Irgendwann sah ich ein schönes Licht und einen Regenbogen. Ich sah aber auch mein Frauchen, die mich im Arm hielt und mit dem Wasser, was aus ihren Augen lief, mein Fell nass machte.

Das Licht kam näher und da war eine alte Holzbrücke. Und darüber spannte sich ein wunderschöner Regenbogen.

Und am anderen Ende der Brücke sah ich meinen Wutti. Er winkte mir zu und neben ihm sah ich Tiere, die ich noch niemals gesehen hatte. Sie waren riesengroß und sie machten mir irgendwie Angst!

Ich traute mich nicht näher heran, aber da kam eines dieser Riesen neben mein Wutti und rief mich zu ihm. Langsam traute ich mich heran. Der Riese sagte mir, dass ich nun zu ihrer Gruppe gehörte, weil mein Erden-Frauchen noch so jung sei und noch keine Tiere von ihr hier seien.

Eines Tages würden wir zu einer Gruppe von Tieren, die zu unserem Frauchen gehört hatten, dazukommen. Und in ferner

Zukunft würden wir alle wieder zusammenkommen und mit unserem Frauchen auf der ewigen Wiese zusammen sein.

Der Riese hob uns auf seinen Rücken."

Wutti nickte und ergänzte: „Es hat lange gedauert, aber nun freuen wir uns, euch alle gefunden zu haben. Nun können wir gemeinsam auf die Ankunft von Frauchen warten."

Hier ist wieder euer Teddy. Das war eine schöne Geschichte! Aber so sehr wir uns wünschen, wieder mit unserem Frauchen zusammen zu sein, so sehr wünschen wir ihr, dass sie noch viele schöne Jahre auf der Erde verbringen darf.

Für uns ist spielt „Zeit" keine Rolle! Der „ewige Moment" hat keine Dimension....

Euer Teddy.